Der Tod spielt foul

WOLF-RÜDIGER HEILMANN

DER TOD
SPIELT FOUL

Ein Dahlem-Krimi

Bibliografische Information der Deutschen Nationalbibliothek
Die Deutsche Nationalbibliothek verzeichnet diese Publikation in der Deutschen
Nationalbibliografie; detaillierte bibliografische Daten sind im Internet über
http://dnb.d-nb.de abrufbar.

*Die automatisierte Analyse des Werkes, um daraus Informationen insbesondere
über Muster, Trends und Korrelationen gemäß §44b UrhG (»Text und Data
Mining«) zu gewinnen, ist untersagt.*

Die in diesem Buch geschilderten Handlungen und Personen sind frei erfunden.
Etwaige Ähnlichkeiten mit tatsächlichen Begebenheiten oder lebenden oder ver-
storbenen Personen wären rein zufällig und sind nicht beabsichtigt, abgesehen von
gewissen Übereinstimmungen zwischen Autor und Ich-Erzähler.
Insbesondere gibt es weder einen Fußballverein TuS Dahlem noch einen LIONS-
Club Onkel Tom.
Auch die Zeitung, die sich »Sprachrohr Berlins« nennt, ist fiktiv.
Für das Cover wurde ein Foto meines Enkels Erik verwendet.

Umschlagdesign, Satz, Herstellung und Verlag:
BoD – Books on Demand, Norderstedt

ISBN 978-3-7583-8168-3

FÜR MAUSI

»Die kleinste, die geringste ihrer Handlungen und Gesten rührte mich tief, denn ich fand, dass jede Bewegung ihrer Hand, jedes Kopfnicken, jedes Wippen ihres Fußes, ein Glätten des Rocks, ein leises Hochheben des Schleiers, das Nippen an der Kaffeetasse, eine unerwartete Blume am Kleid, ein Abstreifen des Handschuhs eine deutliche, unmittelbare Beziehung zu mir verrieten – und nur zu mir.«

Joseph Roth, Die Kapuzinergruft

1.

»Toni Kroos wird überschätzt«, sagte ich, »und Virgil van Dijk auch. Aber der kann wenigstens Kopfbälle. Jedenfalls manchmal.«

»Wördschil was?« fragte Henry mit schwerer Zunge.

»Du spinnst doch!« rief Kalle von hinten. »Weißt du überhaupt, wie viele Titel Kroos gewonnen hat? Und kennst du seine Passquote?« – »Klar kenn ich die! Und neunzig Prozent seiner Pässe sind Quer- und Rückpässe über wenige Meter! Und was wäre Kroos ohne Modrić?«

»Ich finde, Sex wird überschätzt«, lallte Henry. »Nun fang bitte nicht schon wieder mit deinem Schweinkram an«, mischte sich Reni ein, die mit Kalle im Lagerraum herumwühlte.

Ich sah ein, dass es keinen Zweck hatte, in diesem Kreis und zu dieser Stunde ein ernsthaftes Gespräch über Fußball führen zu wollen. Kalle kam, schwer beladen mit zwei Bierkästen, in den Schankraum zurück, hinter ihm Reni, die eine Kiste mit Mineralwasser trug.

»Schluss für heute!«, sagte sie, »es sei denn, Ihr wollt noch zahlen.« Das war natürlich ein Witz. Nachdem Reni und Kalle den Kiosk auf dem Sportplatz übernommen hatten, hatte es sich eingebürgert, dass die Gäste, ganz überwiegend Vereinsfreunde, anschreiben ließen, und nach einiger Zeit hatten sich so viele offene Rechnungen angesammelt, dass die beiden Pächter, wie man munkelte, fast hätten Konkurs anmelden müssen. Reich werden mit ihren Einnahmen konnten sie ohnehin nicht – ihr Vertrag mit dem Verein sah vor, dass sie nur moderate Preise verlangen durften.

Ein besonders fauler Zahler war wohl Henry gewesen, und aus dieser Zeit rührte eine Verstimmung zwischen Henry und Kalle her, die nicht gerade gemildert wurde durch Gerüchte, dass Reni und Henry mehr verband als nur eine Beziehung zwischen Wirtin und Gast. Ich schaute auf den schmierigen Zettel, auf dem Reni unsere Zeche notiert hatte – knapp achtzehn Euro. Ich legte einen Zwanzig-Euro-Schein auf den Tresen, sagte »Stimmt so!«, griff nach meiner Jacke und forderte Henry auf: »Nun komm schon!«. Henry rutschte von seinem Barhocker und folgte mir nach draußen zu unseren Fahrrädern.

Henrys Fahrrad war ein Museumsstück – vermutlich das älteste Fahrrad in ganz Berlin, das noch benutzt wurde. Es hatte tatsächlich eine Stempelbremse, einen riesigen Dynamo und große Lichter vorn und hinten. Auf dem ausgeleierten Gepäckträger konnte man nichts mehr festklemmen, daher musste Henry seine Sporttasche immer an den Lenker hängen. Er nahm seine Sportkleidung aber wohl nur dann mit nach Hause, wenn sie unbedingt gewaschen werden musste, und ließ die Tasche, wie auch diesmal, lieber im Trainerraum zurück.

Wir schoben die Räder zum Ausgang des Sportfeldes, dann trennten sich unsere Wege: Ich musste nach Schöneberg, Henry wohnte irgendwo in der Nähe der Argentinischen Allee Richtung Mexikoplatz. Während der Übertragung hatte es offenbar stark geregnet, und wir mussten große Pfützen durchqueren. »Du schiebst besser«, sagte ich, aber da hatte sich Henry schon erstaunlich mühelos in den Sattel geschwungen und war in der Dunkelheit verschwunden.

Ich brauchte eine gute halbe Stunde bis zu meiner Wohnung in der Salzburger Straße beim Bayerischen Platz. Es war trocken, aber für die Nacht waren weitere »vereinzelte Schauer« angesagt, daher überwandt ich meinen inneren Schweinehund und trug mein Fahrrad in den Keller. Als ich in meiner Wohnung ankam, war es weit nach Mitternacht. Ich hoffte, noch eine Spätausgabe der Tagesschau mitzubekommen, und schaltete als Erstes den Fernseher ein. Da klingelte das Telefon.

Ich meldete mich mit »Rieger«, und eine männliche Stimme fragte zurück »Sie sind Jürgen Rieger? Professor Dr. Jürgen Rieger?« Ich bejahte, und der Anrufer fuhr fort: »Hier spricht die Polizei. Ich bin Hauptkommissar Michael Sawitzki. Nach unseren Informationen waren Sie bis vor kurzem auf dem Ernst-Reuter-Sportfeld. Trifft das zu?« – »Ja, das stimmt.« – »Und Sie haben das

Sportfeld zusammen mit dem Trainer Hans-Heinrich Lauberger verlassen?« – »Stimmt auch.« – »Wo haben Sie sich getrennt?« – »Direkt vor dem Tor, auf dem Weg, der am Sportfeld vorbeiführt. Henry, also Herr Lauberger, ist nach links abgebogen, in Richtung Argentinische Allee. Ich bin über den Parkplatz zur Onkel-Tom-Straße gefahren. Wir waren beide mit dem Fahrrad unterwegs.«

Normalerweise gebe ich unbekannten Personen am Telefon nicht so bereitwillig Auskunft. Aber die Stimme des Mannes, der Hauptkommissar Sawitzki sein wollte, klang vertrauenserweckend, und das, was ich bisher gesagt hatte, schien mir ziemlich harmlos zu sein. Nach einem »Enkeltrick« klang dieser Anruf auch nicht gerade. Ich wartete nun aber eine weitere Frage des Beamten nicht mehr ab, sondern fragte rasch zurück: »Warum rufen Sie mich an?« In diesem Moment fiel mir ein, dass ich am Breitenbachplatz bei Rot über eine Ampel gefahren war, als kein anderer Verkehrsteilnehmer in der Nähe der Kreuzung zu sein schien, aber wie sollte ein eventueller heimlicher Zeuge mich identifiziert und der Polizei gemeldet haben? Außerdem hatte dieses Vergehen ja überhaupt nichts mit Henry zu tun, nach dem Sawitzki so dezidiert gefragt hatte.

Der Hauptkommissar antwortete: »Sie sind ein Zeuge. Im Moment noch. Hans-Heinrich Lauberger ist tot.«

2.

Was hatte ich mit dem Ernst-Reuter-Sportfeld und dem dort beheimateten Verein TuS Dahlem zu schaffen? Die Antwort hierauf ergibt sich aus dem Umstand, dass ich mich in einer Sackgasse befand, genaugenommen sogar in zwei Sackgassen, beruflich und privat.

Nach einer Beziehung von über zehn Jahren, mit vielen Höhen und manchen Tiefen, hatte mich meine Lebensgefährtin Katja verlassen. Inzwischen waren schon viele Monate vergangen, in denen wir keinerlei Kontakt zueinander hatten. Berlin ist so groß, dass auch Menschen mit ähnlichen Interessen und Gewohnheiten sich nicht per Zufall über den Weg laufen müssen, selbst, wenn sie sich nicht absichtlich aus dem Wege gehen. Einmal hatte ich geglaubt, sie in einer U-Bahn-Station zu sehen, hatte sie in dem Gewimmel aber aus den Augen verloren. Ein anderes Mal, als ich in Potsdam eine Ausstellung in der Villa Barberini besuchte, meinte ich, sie beim Blick aus dem Fenster in einer Gruppe mehrerer Menschen über den Alten Markt gehen zu sehen, war aber zu bequem – oder zu feige –, ihr zu folgen.

Einen guten Kontakt hatte ich aber weiterhin zu Katjas älterer Schwester Ingelore, genannt Inge, und deren Familie in Lichterfelde. Gleich nach der Trennung hatte Inge mehrere Versuche unternommen, uns wieder zusammenzubringen, hatte aber schließlich die Vergeblichkeit ihrer Bemühungen eingesehen. Mir war klar, dass Katja einen sehr harten Schlussstrich gezogen hatte und nicht einmal eine Begegnung bei einem Familienfest zulassen wollte.

Inge hatte einen zwölfjährigen Sohn, Lukas, der ein begeisterter Fußballer war. Er spielte und trainierte bei den sogenannten D-Junioren des TuS Dahlem, und ich hatte ihn schon an manchen Wochenenden zu Wettspielen und Turnieren begleitet. Seine Eltern waren dankbar dafür, dass sie nicht einen ganzen Samstag oder

Sonntag auf Plätzen und in Hallen in Altglienicke, Hennigsdorf oder Staaken und auf den Fahrten dorthin und zurück verbringen mussten.

Ich war häufig – und gelegentlich sogar zusammen mit Katja – mit Lukas bei den Spielen von Hertha BSC im Olympiastadion gewesen. Sein eigentlicher Lieblingsverein war allerdings der FC Barcelona und sein Traum, einmal ein Spiel im Camp Nou zu besuchen. Ich hatte mir schon lange vorgenommen, ihn aus einem besonderen Anlass einmal nach Barcelona einzuladen, und hoffte nur, dass das gigantisch verschuldete Barça lange genug durchhalten und auch nach dem Weggang von Lionel Messi noch hinreichend attraktiv und erfolgreich bleiben würde.

Beruflich befand ich mich eigentlich in einer äußerst komfortablen Situation: Ich hatte einen Lehrstuhl in der Mathematischen Fakultät an einer der renommierten Berliner Universitäten inne. Bei meinem Wechsel von Karlsruhe nach Berlin vor etwa fünfzehn Jahren hatte ich recht erfolgreiche Berufungsverhandlungen geführt. Mein Institut war gut ausgestattet, meine Besoldung – noch nach der alten Besoldungsordnung in der Gruppe C4 – sehr ordentlich, Beamter auf Lebenszeit – was wollte ich mehr?

Mir hatten die Aufgaben eines Hochschullehrers immer viel Freude bereitet – die Lehre, die Forschung, und sogar in der akademischen Selbstverwaltung empfand ich nicht so viel Frustration oder sogar Verbitterung wie viele meiner Kollegen, im Gegenteil: Ich war mehrere Jahre Dekan und Prodekan gewesen, und in dieser Zeit waren neue Prüfungs-, Promotions- und Habilitationsordnungen verabschiedet worden – nicht immer konfliktfrei und geräuschlos, aber am Ende doch mit großen Mehrheiten in allen Statusgruppen. Mit Unterstützung der amtierenden Präsidenten hatte ich diese Ordnungen dann auch durch den Akademischen Senat gebracht.

Aber seit einiger Zeit hatten mein Erkenntnisdrang, mein wissenschaftlicher Ehrgeiz und meine Lust, Studentinnen und Studenten zum Bachelor, Master oder sogar zur Promotion zu führen, spürbar nachgelassen. Ich publizierte weiterhin, trug gelegentlich auf

Fachtagungen vor und kam auch meinen Verpflichtungen in der Lehre nach, aber ohne den Elan früherer Jahre. Ich ließ mich mit viel größerer Bereitschaft als zuvor dazu verpflichten, die Anfängervorlesungen vor Hunderten von Hörerinnen und Hörern zu halten, auch wenn das die Durchführung von Massenklausuren und die Abhaltung von Dutzenden mündlicher Prüfungen mit sich brachte, und ich zog mich immer stärker aus der akademischen Selbstverwaltung zurück.

Das führte dazu, dass der Mittwoch, der Tag, an dem typischerweise die Gremien tagen und nur wenige Vorlesungen stattfinden, für mich meist frei von Terminen war, und das gab mir die Möglichkeit, Lukas zu seinen Trainingseinheiten am Mittwoch Nachmittag zu begleiten, insbesondere in der vorlesungsfreien Zeit. Das Training begann meist um 17 Uhr, und kurz davor fanden wir uns auf dem Ernst-Reuter-Sportfeld ein, Lukas kam mit dem Bus aus Lichterfelde, ich, fast immer mit dem Fahrrad, direkt von der Uni oder aus dem Bayerischen Viertel in Schöneberg.

Der Verein TuS Dahlem hatte einen für den gesamten Jugendbereich, von den G-Junioren, den Bambini, bis zu den A-Junioren, zuständigen Trainer namens Hans-Heinrich Lauberger, der auch für einige der Altersklassen direkt verantwortlich war, darunter die D-Junioren, bei denen mein Fast-Neffe Lukas spielte. Lauberger war Angestellter des Vereins. Alle anderen Trainer im Jugendbereich arbeiteten ehrenamtlich, abgesehen von Aufwandsentschädigungen und gelegentlichen Prämien. Zu meiner Überraschung wurden alle Spieler und alle Trainer von einer Ausrüsterfirma mit den benötigten Utensilien – von den Trikots, Hosen und Stutzen in den roten Vereinsfarben bis zu den Bällen (jeder Spieler brachte einen eigenen zum Training mit) – recht üppig ausgestattet. Fußballschuhe (mit Stollen für den Natur- und Noppen für den Kunstrasen und für die Halle) und Trainingsanzüge erhielten allerdings nur die A-Junioren und die Trainer.

Von Lukas erfuhr ich, dass Lauberger, den er – wie alle anderen im Verein auch – »Henry« nannte, für die Zuteilung der Ausrüstungsgegenstände zuständig war. Er verfügte über einen eigenen

Raum, in dem alles gelagert war, und alle, ob Spieler oder Trainer, mussten sich an Henry wenden, wenn sie etwas Neues haben wollten. Dieses Privileg war offenbar im Verein nicht ganz unumstritten, und es gab sogar den – nur hinter vorgehaltener Hand geäußerten – Verdacht, dass Henry sein Monopol nicht ganz uneigennützig verwaltete.

Das Mittwoch-Training der D-Junioren dauerte in der Regel neunzig Minuten. Geduscht wurde nicht – die Jungen schnappten sich ihre Sporttaschen und begaben sich entweder direkt auf den Heimweg oder trafen sich beim Kiosk, um sich etwas zum Essen oder zum Trinken zu bestellen. Den Kiosk betrieb in dieser Zeit eine Frau namens Reni, deren Alter ich auf um die vierzig Jahre schätzte, gelegentlich unterstützt durch einen etwa gleichaltrigen Mann, den alle nur Kalle nannten und von dem ich lange Zeit nicht wusste, in welcher Beziehung er zu Reni stand – war er Freund, Ehemann, Bruder oder nur jemand, der sich wie viele andere auch irgendwie im Verein nützlich machte und für die Mitarbeit im Kiosk gelegentlich mit Naturalien – eine Portion Pommes hier, ein Bierchen da, von möglichen Zuwendungen Renis ganz zu schweigen – entschädigt wurde? Den Umgangston zwischen den beiden konnte man wohlwollend mit »rau, aber herzlich« beschreiben, und immer war deutlich, dass Reni dabei die erste Geige spielte (etwas altväterlicher: Sie hatte in dieser Partnerschaft offensichtlich die Hosen an).

3.

Es ist in meinem Leben mehrfach passiert, dass ich Menschen kennenlernte und vom ersten Moment an wusste, dass wir uns gut verstehen und sogar Sympathien füreinander entwickeln würden oder nicht. Das war schon in der Schule regelmäßig so – ein neuer Lehrer, und der hatte sich kaum vorgestellt, da war mir schon klar, ob mir sein Unterricht gefallen würde oder nicht; ein neuer Mitschüler, bei dem ich rasch den Eindruck hatte, ob wir Kameraden werden oder auf Distanz zueinander gehen würden.

Das war allerdings bei Jungen und Männern sehr viel häufiger der Fall als bei Mädchen und Frauen, was allein schon daran liegen mochte, dass das männliche Geschlecht in meiner Welt sehr viel stärker vertreten war als das weibliche. Die beiden Schulen, die ich besucht habe, waren reine Jungenschulen: Meine Grundschule – oder, wie man damals sagte, Volksschule – nannte sich »Knabenschule«, und auch die Oberschule war ein »Gymnasium für Jungen«. Auch die Lehrkräfte waren ganz überwiegend Männer.

Dies setzte sich während des Studiums fort: In der Zeit, in der ich Mathematik mit dem Ziel Diplom studierte, waren nur wenige junge Frauen in den Vorlesungen anzutreffen, und diese waren in der Regel Lehramtsstudentinnen. Während der gesamten Zeit, die ich als Student, Assistent und Professor an meiner ersten Universität verbrachte – siebzehn Jahre! – habe ich dort nur eine einzige Professorin kennengelernt, und die musste sich in den vier Jahren ihrer dortigen Lehr- und Forschungstätigkeit mit dem Titel einer außerplanmäßigen Professorin begnügen – die Situation von Frauen in der Mathematik war nicht wesentlich besser als zu Zeiten der genialen Emmy Noether.

Die Voraussetzungen, mit denen ich mich in Beziehungen zu Frauen begab, waren also alles andere als gut und günstig; an der heutigen Klassifikation als Nerd schrammte ich damals wohl nur deshalb haarscharf vorbei, weil ich mich immerhin für Fußball und Popmusik interessierte, wobei Ersteres wiederum aus Sicht des weiblichen Geschlechts auch nicht gerade eine Empfehlung war.

Bei Katja allerdings hatte der siebte Sinn hervorragend funktioniert – als ich sie zufällig bei einer Veranstaltung traf und rasch mit ihr ins Gespräch kam, glaubte ich sofort zu wissen, dass ich mich mit ihr gut verstehen würde. Ich wurde ihr als Professor Rieger vorgestellt, und sie nahm, wie viele Menschen, spontan an, dass ich Mediziner wäre. Als ich ihren Irrtum aufklärte, bekam sie einen kleinen Schrecken und sagte, wie viele andere es ebenfalls tun, dass sie Mathematik nie gemocht habe, aber vor Menschen, die, anders als sie, auf diesem Gebiet etwas leisteten, immer einen Riesenrespekt gehabt habe. Dieser Respekt hat sie aber zu meinem Glück nicht daran gehindert, die Distanz zu mir nach und nach abzubauen und ein ganzes Jahrzehnt mit einem notorischen Erbsenzähler, Rechthaber, Besserwisser und, wie sie es gelegentlich in ihrer norddeutschen Unverblümtheit ausdrückte, Klugscheißer zu verbringen.

Ganz anders verhielt es sich in meiner Beziehung zu Hans-Heinrich Lauberger, dem Trainer von Lukas. Wir trafen uns zum ersten Mal bei einem Turnier eines Vereins, der mit vollem Namen SV Blau Weiß Berolina Mitte 1949 eV heißt und ein Stadion in der Nähe des berühmten Lokals Clärchens Ballhaus hat. Dieses Turnier sollte an einem Sonntag Vormittag um 10:30 Uhr beginnen, und Lauberger hatte angeordnet, dass die Spieler sich spätestens um 10 Uhr am Stadion einzufinden hätten.

Wir wollten mit öffentlichen Verkehrsmitteln anreisen, denn ich hatte – wie sich herausstellte, ganz zu Recht – angenommen, dass es in der Nähe des Stadions keine Parkplätze geben würde. Um der Sorge von Lukas, wir könnten uns verspäten, zu entsprechen, hatte ich große Zeitpuffer eingeplant, aber da die Bahnen pünktlich fuhren, kamen wir bereits gegen 9:45 vor dem Stadion an und – standen mutterseelenallein vor einem verschlossenen Tor, dahinter der menschenleere Platz.

Erst später trafen weitere Teilnehmer ein, und gegen 10:30 wurde endlich auch das Tor geöffnet. Es stellte sich heraus, dass Lauberger sich bei allen Zeitangaben vertan hatte und selber erst kurz vor Turnierbeginn eintraf. Er stieg direkt vor dem Tor aus einem Auto, dessen Fahrer ich später als Laubergers »Freund« kennenlernen sollte. Da ich dort zusammen mit einigen anderen Begleitern stand, um Lauberger so rasch wie möglich zu den wartenden Spielern zu dirigieren, trafen sich unsere Blicke. Sicherlich habe ich nicht besonders freundlich geschaut, aber es war wohl nicht meine Miene allein, die diesen Blickkontakt spontan signalisieren ließ: Freunde werden wir nicht mehr!

In einer Spielpause hatte ich Gelegenheit, mich ihm vorzustellen, was sprachlich nicht ganz einfach war, denn in welcher Beziehung stand ich zu Lukas? Er war der Sohn der Schwester meiner Freundin, eine nicht sehr elegante Beschreibung unseres Verhältnisses. »Lauberger«, entgegnete der Mann, den Lukas mir gegenüber immer nur als Henry benannt hatte. Irgendwie schafften wir es, das Händeschütteln zu umgehen, und es kam auch keiner von uns beiden auf die Idee, so etwas wie »Angenehm!« oder »Freut mich!« zu sagen.

Lauberger war wie ich mittelgroß, hatte einen kleinen Kopf, der irgendwie eckig und spitz wirkte, sehr kurz geschnittene, graue, schon etwas gelichtete Haare und einen Kinnbart, der fast weiß war. Seine Figur war schlank und drahtig, sein Gesicht gebräunt und voller Falten. Etwas störte mich an seiner Erscheinung – es waren seine Augen oder vielmehr sein Blick, den ich als unangenehm empfand. Der famose Geschichtenerzähler, Hobby-Anthropologe und Küchenpsychologe Karl May hätte je nachdem, ob dieser Mann eine positive oder eine negative Rolle in seinen Romanen spielen sollte, entweder »listige Äuglein« oder einen »stechenden Blick« konstatiert und daraus seine stets zutreffenden Schlüsse über dessen Charakter gezogen.

Aber ich war weder Old Shatterhand noch Kara Ben Nemsi, mein Gegenüber nicht Sam Hawkens oder der Schut und unsere erste Begegnung fand nicht in den »dark and bloody grounds« und auch nicht in den Schluchten des Balkan, sondern auf einem Kunstrasenplatz in Berlin-Mitte statt, der in Häuserblocks eingezwängt war und an diesem heißen Sommertag förmlich dampfte. Ich kam gerade noch dazu, Lauberger viel Glück für den weiteren Turnierverlauf zu wünschen, da drehte er sich auch schon um und ging zu seinen Spielern, wofür ich natürlich volles Verständnis hatte.

Am Ende belegte die Mannschaft des TuS Dahlem den zweiten Platz, womit nicht alle Beteiligten zufrieden waren. Ein Mann, offenbar der Vater eines Spielers, regte sich sogar mächtig auf und beschwerte sich lauthals beim Trainer – worüber, konnte ich nicht verstehen, aber Lauberger schien diese Kritik, sei es wegen des Inhalts oder wegen der Form, nicht zu teilen. Vater und Sohn verließen rasch das Gelände, aber auch die anderen Spieler und deren Begleiter verschwanden rasch. Ich hatte erwartet, dass sich zumindest noch einige der Teilnehmer bei dem Imbiss am Rande des Platzes treffen und ein wenig ins Gespräch kommen würden, aber Lukas und ich beendeten das Turnier zu zweit bei Currywurst, Pommes frites und großen Mengen kalter Getränke.

»Wie findest du Henry?«, fragte Lukas. »Ich glaube, er stand heute ganz schön unter Druck«, entgegnete ich, »erst das Durcheinander mit den Zeiten, dann seine verspätete Ankunft, und natürlich bringt so ein Turnier für einen Trainer und Betreuer eine Menge Anspannung mit sich.« – »Ja – und was hältst du von ihm?« Lukas schien zu ahnen, dass meine Antwort nicht ausgesprochen positiv ausfallen würde. »Nochmal – der heutige Tag war sicherlich keine besonders günstige Gelegenheit, um einen zutreffenden Eindruck von deinem Trainer zu gewinnen. Ein Wettkampf ist immer eine Ausnahmesituation, auch wenn jemand noch so viel Routine hat und ein erfahrener Trainer ist. Das vorausgeschickt habe ich allerdings das Gefühl, dass er und ich kaum besonders warm werden miteinander.«

4.

Leider ging es mir auch mit Inges Mann so wie mit Lauberger – wir waren fast gleichaltrig, aber ansonsten zu verschieden, um uns gut zu verstehen. Thomas Wagner war ein Praktiker mit einem gehörigen Akademikerkomplex – als er davon erfuhr, dass Katja mit einem Professor befreundet war, soll er gesagt haben, so ein Warmduscher habe ihm gerade noch gefehlt in der Familie.

Thomas hatte nach seinem Abitur an einer Fachhochschule studiert und wollte Elektroingenieur werden. Dieses Studium hatte er jedoch abgebrochen und eine Lehre als Elektriker begonnen. Inzwischen hatte er es bis zum Meister gebracht. Zusammen mit einigen Freunden, von denen einer eine kleine Baufirma besaß, hatte er ein Einfamilienhaus in Lichterfelde gebaut. Dieses Haus wurde wie so manches, was in Eigenarbeit errichtet wird, nie ganz fertig, was zwar für Inge ein ständiger Anlass für Beschwerden war, für Thomas aber ein wichtiger Lebensinhalt: Er hatte keine Hobbys, war aber ständig mit Reparaturen und sonstigen Arbeiten an seinem Haus beschäftigt.

Schon meine erste Begegnung mit Inge und Thomas stand unter keinem guten Stern. Die beiden hatten Katja und mich an einem Samstag Nachmittag im Juni zum Kaffeetrinken eingeladen. Da Katja trotz des schönen Sommerwetters keine Lust zu einer Radtour nach Lichterfelde hatte, holte ich sie, nachdem ich einen Blumenstrauß besorgt hatte, mit dem Auto in ihrer damaligen Wohnung ab. Das Grundstück der Wagners war winzig, und dem Haus sah man schon von außen an, dass beim Bau an allen Ecken und Enden gespart worden war.

Die Gastgeber begrüßten uns nicht gerade überschwänglich, und man hörte schon von weitem den zweijährigen Lukas schreien. Mit den Worten »Geben Sie mal her das Gemüse« nahm mir Thomas den Blumenstrauß ab, und Inge führte uns ins Wohnzimmer, wo der

Tisch schon gedeckt war. »Was hat er denn, warum weint er denn so?«, erkundigte sich Katja, erhielt aber zunächst keine Antwort, weil ihre Schwester schon auf dem Weg in die Küche war.

»Ich hatte gehofft, dass er uns noch ein wenig in Ruhe lassen würde«, sagte Inge dann, als sie mit der Kaffeekanne zurückkam. »Darf ich ihn holen?«, fragte Katja, und als ihre Schwester zustimmte, forderte sie mich auf mitzukommen, um das Haus kennenzulernen. Wir gingen in den ersten Stock, und als Katja die Kinderzimmertür öffnete, verstummte das Weinen sofort. Der Kleine hatte sich in seinem Bett aufgestellt und rüttelte an dem Gitter, das zum Glück hoch genug war, um ein Herabstürzen zu verhindern. Lukas ließ sich von Katja auf den Arm nehmen und störte sich offenbar nicht an ihrem ihm unbekannten Begleiter. Wir ahnten nicht, dass dies, um ein bekanntes Zitat zu strapazieren, »der Beginn einer wunderbaren Freundschaft« sein würde.

Nun begann das typische Ritual des sich Vorstellens, vorsichtig Befragens, höflich Kommentierens bis zur erlösenden Aufforderung, man – die Wagners auf der einen, ich auf der anderen Seite – solle sich doch duzen. Ich versäumte nicht, meine ehrliche Bewunderung darüber zum Ausdruck zu bringen, dass Thomas dieses Haus praktisch im Alleingang errichtet habe, und erkundigte mich nach den diversen Bedingungen, Bestimmungen und Gesetzen, die man bei einem solchen Unternehmen zu beachten hat.

Meine Hoffnung, mit dieser Bekundung meines – echten – Interesses Thomas etwas freundlicher stimmen zu können, erfüllte sich allerdings nicht. Als ich – dummerweise, ohne die Eltern gefragt zu haben – dem Kleinen, der die ganze Zeit auf Katjas Schoß saß, ein Stück Kuchen anbot, knurrte der Vater »Kein Kuchen!«, und als plötzlich aus der Nachbarschaft der Aufschrei »Tor!« erscholl, kommentierte Thomas dies mit den Worten »Diese Idioten!«

Auf Katjas Frage »Worum geht es denn da?« antwortete ich, dass da wohl in der Fußball-Bundesliga ein wichtiges Tor gefallen sei, und wandte mich an Thomas: »Interessierst du dich für Fußball?« – »Nicht die Bohne!« lautete seine Antwort, und Inge fügte hinzu »Das war nicht schön für Thomas – monatelang hat er hier an jedem Wochenende geschuftet, um das Haus fertigzukriegen, und nebenan haben die Nachbarn auf der Terrasse gesessen und Fußball geglotzt.« – »Und gegrillt und gesoffen!«, ergänzte Thomas.

Lukas tat mir den Gefallen, allmählich unruhig zu werden, so dass seine Mutter Spielsachen für ihn holte und ich vom Tisch aufstehen konnte, um zu beweisen, dass ich immerhin in der Lage war, mit den Bausteinen von Duplo und Lego ein ganz ordentliches Bauwerk zu erstellen. Am Kaffeetisch unterhielten sich währenddessen die beiden Schwestern, während der bisher schon einsilbige Thomas die Kommunikation gänzlich einstellte.

5.

Katja seufzte. »Ich glaube, ich kann es dir ganz gut erklären, warum Inge sich für Thomas entschieden hat. Sie hat sehr unter dem sprunghaften Charakter unseres Vaters gelitten, unter seinem chaotischen Berufsleben und auch darunter, wie schlimm dies alles für unsere Mutter war. Sie hat sich daher einen bodenständigen, verlässlichen Partner gewünscht und ausgesucht, einen, der dieses alte Ideal erfüllt, dass ein Mann ein Haus bauen, ein Kind zeugen und einen Baum pflanzen soll.«

Ich hatte, als wir dieses Gespräch führten, schon mehrfach die, wie ich es empfand, Sturheit, Schroffheit und Voreingenommenheit von Thomas kennengelernt. Ich hatte durchaus mehrfach versucht, ihm zu signalisieren, dass es mich überhaupt nicht störte, dass wir so verschieden waren, und dass ich ganz im Gegenteil seine Zielstrebigkeit, sein handwerkliches Geschick und das, was er im Leben erreicht hatte, zu schätzen wusste und sogar bewunderte. Aber wir blieben einander fremd, und gelegentlich war ich über sein Verhalten und auch über die Ansichten, die er vertrat, ausgesprochen verärgert. Daher ließ ich mich auch jetzt zu einer nicht sehr freundlichen Bemerkung hinreißen: »Das mit dem Haus und mit dem Kind hat ja geklappt. Für den Baum ist das Grundstück vielleicht etwas zu klein.« Und fügte gleich hinzu: »Aber nun bin ich sehr an deiner Erklärung interessiert.« .

Katja ignorierte diese Gehässigkeit und fuhr fort: »Weißt du, meine Eltern stammen aus dem Arbeitermilieu. Das war damals eine manchmal harte, aber überwiegend doch heile und über Jahrzehnte ziemlich stabile Welt – Gewerkschaft, SPD, Arbeiterwohlfahrt, Schalke 04. Man wusste, wohin man gehörte und auf wen man sich verlassen konnte. Aber mein Vater wollte diesem Milieu entkommen. Er machte – als Erster in meiner Familie! – die Mittlere Reife und begann eine Lehre zum Versicherungskaufmann. Und er machte tatsächlich Karriere! Nach mehreren Jahren im Innendienst wechselte er in den Vertrieb und wurde nach einiger Zeit sogar Filialdirektor.«

Sie merkte, dass ich ihr sehr aufmerksam zuhörte – zum einen, weil mich ihre Schilderungen tatsächlich interessierten, zum anderen, weil ich ja selber einen Berührungspunkt mit der Assekuranz hatte: Als Mathematiker mit den Schwerpunkten Wahrscheinlichkeitstheorie und Statistik hatten einige der von mir behandelten Modelle praktische Anwendungen im Versicherungswesen. Durch die Aufwertung, die der Beruf des Versicherungsmathematikers in den letzten Jahren erfahren und die zu dem für Deutschland neuen Berufsbild des geprüften und des verantwortlichen Aktuars geführt hatte, waren meine Lehrveranstaltungen auch für diejenigen von Interesse, die ansonsten lieber einen Bogen um Gebiete wie Risikotheorie und stochastische Prozesse gemacht hätten.

»Als Filialdirektor musste mein Vater nicht mehr Klinken putzen. Ihm unterstanden einige Dutzend Außendienstler, die in einer bestimmten Region die Produkte seiner Gesellschaft verkaufen sollten.

Er erhielt als Vergütung eine Pauschale und eine sogenannte Superprovision, also einen prozentualen Satz der von den Vertriebsleuten verdienten Provisionen, außerdem einen Dienstwagen und einige weitere Vergünstigungen, z. B. die Möglichkeit der Teilnahme an den von der Firma ausgelobten Incentive-Veranstaltungen.

Natürlich kannte er diverse Tricks, mit denen er sein Einkommen aufbessern konnte. Ich kann mich nur an zwei erinnern: Die Provisionen und Superprovisionen galten nur dann als verdient, wenn der Vertrag für eine gewisse Mindestzeit im Bestand blieb. Wollte ein Kunde vor Ende dieser Provisionshaftungszeit kündigen und der Abschlussagent oder mein Vater erfuhren dies, bezahlten sie die noch fehlenden Prämien aus eigener Tasche – dieser Aufwand war meist geringer als es der Verlust der Provision gewesen wäre; außerdem schonte das die sogenannte Stornoquote.«

»Und der zweite Trick, an den du dich erinnerst?«, fragte ich. Katja füllte zunächst einmal unsere Gläser nach, und ich nutzte die kleine Pause zu einem komplett unsachlichen Beitrag: »Weißt du, dass ich jetzt an Woody Allen denken muss?« – »Wie bitte? Was hat der Vertrieb von Versicherungen mit Woody Allen zu tun?« – »Dass der eine sehr witzige Bemerkung dazu gemacht hat: Es gibt Schlimmeres als den Tod. Wer einmal einen Abend mit einem Versicherungsvertreter verbracht hat, weiß, wovon ich rede.«

»Also, der zweite Trick ist derjenige, der meinen Vater seinen Job gekostet hat: Um das Verbot zu umgehen, selber Neugeschäft zu akqirieren und damit direkt Provisionen zu verdienen, war es nicht unüblich, dass Filialdirektoren eine Agentur z. B. unter dem Namen ihrer Freundin oder dem Mädchennamen ihrer Ehefrau eröffneten und dieser Agentur die Verträge zuschrieben, die sie selber abgeschlossen hatten. Das konnten erhebliche Volumina sein, wenn etwa der Filialdirektor mit Hilfe seiner Kontakte zu Firmen in seiner Region Gruppenverträge zur betrieblichen Altersversorgung oder für eine Kfz-Flotte abschließen konnte.«

Ich staunte, über welche Sachkunde Katja in diesem Bereich offenbar verfügte, wandte aber ein: »Wenn das nicht unüblich war – wieso konnte es dann deinen Vater den Job kosten?« – »Diese Tricks waren natürlich dem Innendienst wohlbekannt, und sie wurden stillschweigend toleriert, um die Außendienstler bei Laune zu halten und ihre Abwanderung zur Konkurrenz zu verhindern. Mein Vater hatte ständig Ärger mit einem Mitarbeiter. Auch das war im Außendienst nichts Ungewöhnliches, aber dieser Mann bekam mit, dass mein Vater einen Vertrag für eigene Rechnung abschloss, an dessen Anbahnung er, der Mitarbeiter, zuvor gebaggert hatte. Er hängte diesen Vorfall an die große Glocke, es konnte nichts vertuscht werden, und mein Vater flog raus.«

Sie nahm einen weiteren Schluck von dem Rotwein und sagte »Der ist wirklich gut! Weißt du eigentlich, warum der diesen merkwürdigen Namen ›Primitivo‹ hat?« Ich musste passen – meine önologischen Kenntnisse sind äußerst beschränkt. »Ha – habe ich dich mal erwischt! Diese Rebsorte hieß ursprünglich ›Primativo‹, also ›als erste reifend‹. Daraus hat sich die nicht gerade verkaufsfördernde Bezeichnung ›Primitivo‹ entwickelt.« – »Und – er stammt aus Italien?« – »Ja, ursprünglich allerdings aus Kroatien. Und am besten schmeckt mir dieser Primitivo di Manduria aus Apulien.«

»Und wo wir schon beim Thema Alkohol sind … Beruflich fasste mein Vater nach seinem Rausschmiss erstaunlich schnell wieder Fuß, und zwar sogar in derselben Branche. Natürlich nicht bei einem Versicherungsunternehmen, da war sein Ruf ruiniert. Aber bei einem Versicherungsvermittler, einem sogenannten Struktur-vertrieb. Weißt du, was das ist?« – »So ungefähr. Das sind Unter-nehmen, die so tun, als würden ihre Mitarbeiter den Kunden einen ›best advice‹ geben, so wie Makler es für sich beanspruchen. In Wahrheit aber werden sie darauf getrimmt, bestimmte Produkte zu verkaufen, die den Vermittlern die höchsten Provisionseinnahmen bescheren.« – » Und die Organisation ist pyramidenförmig auf-gebaut – man fängt unten als reiner Verkäufer an, steigt dann im Erfolgsfall in der Hierarchie nach oben und erhält einen Anteil der von den darunterstehenden Vermittlern verdienten Provisionen.« – »Das sind also diese Kloppertruppen, die zumindest diejenigen, die an der Spitze der Pyramide stehen, reich machen. Und dein Vater?«

»Der ließ sich von diesem System einfangen: Für die ›Strukkis‹ gab es neben den Provisionen Anreize aller Art, um auf Teufel komm raus Verträge abzuschließen – Incentives genannt. Das waren Feste, bei denen der Alkohol in Strömen floss und wohl auch noch härtere Drogen im Spiel waren, Eskort-Ladies, Reisen, auf denen es ebenso zuging, Tickets für Formel-1-Rennen, Tennisturniere und Golfver-anstaltungen und Auftritte von Promis, vor allem aus dem Sport-bereich. Um es kurz zu machen – mein Vater machte begeistert mit und ruinierte damit auf die Dauer unser Familienleben und seine Ehe. Und Inge, die ganz besonders an ihrem Vater gehangen hatte, litt darunter am allermeisten.«

Sie griff wieder zu ihrem Weinglas. »Wie gesagt, unsere Welt war trotz aller Probleme eine heile gewesen, mit einigen über Generatio-nen unverrückbaren Grundsätzen und Konstanten. Die Zerstörung dieses Idylls war es, die Inge ganz besonders kränkte. Mein Vater, ein Bilderbuch-Sozi, begeisterte sich plötzlich für die CDU-Leute, die von seiner Firma hofiert und alimentiert wurden. Mein Vater, der noch als junger Erwachsener nur in blau-weißer Bettwäsche geschlafen hatte, schwärmte für einen Trainer der Gelbschwarzen und trug in seiner Freizeit ein T-Shirt, auf dem der sich mit Edding verewigt hatte: ›Mit sportlichem Gruß von …‹!« Es klingt kitschig, aber in ihren Augen schimmerte es feucht, und das hielt mich davon ab, sie mit einem dämlichen Wortspiel zu behelligen, das mir auf der Zunge lag: »Dann kommt das Wort ›Kloppertruppen‹ gar nicht von kloppen, sondern von Jürgen …?«

»Tja, und was folgert der Laienpsychologe daraus: Dass sich Inge einen Partner gesucht hat, der die Verlässlichkeit und Bodenständigkeit verkörpert, die sie bei ihrem Vater nicht mehr gefunden, aber um so schmerzlicher vermisst hat. Und das war Thomas. Dass Thomas nicht gerade ein Schöngeist, ein Kuschelbär oder eine Stimmungskanone ist, hat sie nicht gesehen oder nicht sehen wollen, oder es war für sie nicht ausschlaggebend.« Sie machte eine Pause und trank ihr Glas leer.

»Hat sie, nachdem sie Thomas kennengelernt hatte und eine Beziehung mit ihm eingegangen war, nicht einmal mit dir darüber gesprochen, dich nach deiner Meinung gefragt oder dir erzählt, was sie an Thomas mag und was nicht?« – »Wir waren, nachdem mein Vater unser Familienleben zerstört hatte, nicht mehr so eng miteinander. Ich bin dann ja auch weggezogen. Natürlich haben wir uns über Thomas unterhalten, aber ich habe mich gehütet, mich allzu deutlich zu äußern, habe aber natürlich durchblicken lassen, dass Thomas nicht gerade mein Traumman ist. Aber das bist du ja auch nicht.«

Oh je – da hatte sie es mir aber wieder einmal gegeben! Ich führte diese Bemerkung darauf zurück, dass unsere Unterhaltung sie wohl doch sehr belastet und sie vielleicht auch etwas zu viel von dem geliebten Primitivo di Manduria genossen hatte. Und sie war noch nicht am Ende. »Thomas ist ein fürchterlicher Spießer. Er ist frauenfeindlich, verachtet Menschen, die, wie er es nennt, vom Staat leben, und er hasst Schwule.«

6.

Als ich meinen Lehrstuhl übernahm, konnte ich nicht ahnen, dass ich damit ein großes Problem geerbt hatte. Es trug den Namen Diethard Nortmann – das war ein Herr, der mir damals auch noch völlig unbekannt war. Nortmann hatte zu einer Zeit, als es das Fach Informatik noch gar nicht gab, an meiner Fakultät eine Dissertation mit dem Titel »Die EDV-Umsetzung des Simplex-Verfahrens« verfasst. Das Simplex-Verfahren ist eine spezielle Methode der mathematischen Optimierung, die damals theoretisch sehr gut begründet und erforscht war, aber wegen des hohen Rechenaufwandes in der Praxis sehr schnell an Grenzen stieß – ein dankbares Betätigungsfeld für die in den Anfängen stehende elektronische Datenverarbeitung.

Damals gab es keine Personal Computer, sondern nur Großrechner, für die man Programme z. B. in den Programmiersprachen ALGOL und FORTRAN verfassen und auf Lochkarten schreiben musste. Nortmann hatte solche Programme für das Simplex-Verfahren entwickelt und darüber hinaus bemerkt, welche weitergehenden Anwendungsmöglichkeiten und kommerziellen Nutzungen es gab. Somit gründete er eine Firma, eine von vielen der damals sogenannten Software-Klitschen, und hatte damit, anders als manche anderen, tatsächlich Erfolg. »Early bird catches the worm« soll eine seiner Devisen gewesen sein, standesgemäß in Englisch und als Slogan seiner potentiellen Kundschaft eingebläut.

Aber sein Ehrgeiz ging noch weiter. Über etliche seiner geglückten Projekte verfasste er Berichte, die er, in diesem frühen Stadium der elektronischen Datenverarbeitung, in den ersten einschlägigen Fachzeitschriften publizierte. Er hielt auch den Kontakt zur Fakultät und trug im Kolloquium seines Doktorvaters mehrfach vor. Im Anschluss an diese Vorträge lud er das Auditorium zu einem, wie er es nannte, »kleinen Imbiss« ein – das war in Wahrheit ein opulentes Büfett, welches die eher an Kargheit und Askese gewöhnten Mitglieder der Mathematischen Fakultät mindestens so sehr erfreuen musste wie die vorher präsentierten Fallstudien. Nortmann war nun dem gesamten Lehrkörper bekannt, und irgendjemand verpasste ihm den Spitznamen Dino.

Im nächsten Schritt entstand die Idee, Dinos Publikationen zu einer kumulativen Habilitation heranzuziehen und ihm den klangvollen – und für seine geschäftlichen Akquisitionen vermutlich hilfreichen – Titel »Privatdozent« zu verleihen. Auch dies gelang, wobei wohl sein Doktorvater sein gesamtes Prestige in die Waagschale werfen musste, um Nortmanns Erfahrungsberichte mit wissenschaftlichem Adel zu versehen. Das eigentliche Ziel war aber der Titel eines außerplanmäßigen Professors – das »Prof.« auf der Visitenkarte würde doch noch viel mehr hermachen als das kryptische »Priv.Doz.«.

Doch dann folgte Dinos Patron dem Ruf an eine andere Fakultät, die Professur wurde umgewidmet und ich zum Nachfolger und damit, ohne es zu wissen, zum Erfüllungsgehilfen Nortmannscher Ambitionen berufen. Das war in mehrfacher Hinsicht problematisch.

Zum einen musste ich mich in die Vorgeschichte einarbeiten. Zum anderen hatte die Universität in der jüngeren Vergangenheit einige schwierige und teilweise geradezu rufschädigende Vorfälle zu bewältigen gehabt, bei denen die wissenschaftliche Reputation einiger Lehrstühle und Fachbereiche auf dem Spiel stand, so dass bei der Verleihung von Titeln und Graden und bei Ehrungen nun besonders genau hingesehen wurde. Und schließlich ging mir der Ruf voraus, bei Bewertungen und Benotungen einen strengen Maßstab anzulegen.

Zu allem Überfluss hatte ich den Leumund wissenschaftlicher Strenge auch noch gleich zu Beginn meiner neuen Tätigkeit besonders auffallend bestätigt. Es fand ein Fakultätskolloquium statt, der Kollege, der den Referenten eingeladen hatte, wurde krank und ließ mich bitten, ihn zu vertreten. Der Vortrag war leider, auch bei Anlegung großzügiger Maßstäbe, grotteschlecht, und es fiel mir außerordentlich schwer, zur Eröffnung der Diskussion überhaupt irgendetwas Positives zu sagen. Daher nahm ich bei einer lateinischen Formulierung Zuflucht – »Ihr Vortrag war wirklich außergewöhnlich, sub omni canone!«, wobei ich das »canone« richtigerweise auf der ersten Silbe betonte, was dieser Aussage in den Ohren mancher Zuhörer noch eine besonders überhebliche Note verlieh.

»Sub omni canone« –» unterhalb jedes Maßstabes«, das ist die klassische Bewertung für eine ungenügende Dissertation, woraus dann die Redewendung »unter aller Kanone« entstanden ist. Bei der Verfolgung des Projektes, Diethard Nortmann den Titel eines außerplanmäßigen Professors zu verleihen, sollte mir dieser Vorgang, wie man so sagt, auf die Füße fallen.

Natürlich hatte Dino die Abläufe von der Wegberufung seines Doktorvaters bis zur Annahme des Rufes durch mich aufmerksam verfolgt. Er erschien auch, als ich meinen Vorstellungsvortrag hielt, und sprach mich bei der anschließenden Zusammenkunft an. Wie bei solchen Anlässen üblich hatte ich als Gastgeber einen Caterer mit der Lieferung von Canapés und Getränken beauftragt – im üblichen Rahmen und damit deutlich unter den Standards des Nortmann-Imbisses.

Er redete nicht lange um den heißen Brei herum, sondern fragte mich direkt, ob ich von meinem Vorgänger über sein, wie er es nannte, Projekt informiert worden wäre. Ich verneinte und wies ihn darauf hin, dass ich ja erst vor wenigen Wochen den Lehrstuhl übernommen hätte und mich noch in vielen Dingen schlau machen müsste, was ihn offenkundig wenig überzeugte. Zum Glück kam jetzt der ebenfalls anwesende Präsident auf mich zu, so dass ich Nortmann mit einem »Ich komme auf die Sache zurück!« abspeisen konnte.

Ich hatte gehofft, dass ich ein paar Wochen Zeit haben würde, um mich gründlich über die Details der Causa Nortmann zu informieren, aber schon wenige Tage später rief er mich an und gab mir zu verstehen, dass nach seinem Verständnis die Fakultät ihm gegenüber im Wort sei und ich dieser Verpflichtung nachkommen müsse. Er seinerseits sei selbstverständlich bereit, alle noch ausstehenden Voraussetzungen zur Erlangung des Professorentitels – also im

Wesentlichen das Abhalten einiger Lehrveranstaltungen – zu erfüllen.

Einige Semester lang hatte ich nun Ruhe in dieser Angelegenheit – Nortmann meldete beim Dekanat seine Vorlesungen an und hatte, wie ich erfuhr, auch eine ansehnliche Zuhörerschaft: Seine Themen waren anschaulich und praxisorientiert und setzten keine speziellen Kenntnisse voraus. Während dieser Zeit hatte ich nur selten Kontakt zu ihm, aber als er glaubte, sein Deputat erfüllt zu haben, kam er um so massiver auf mich zu. Ich versprach ihm, sein Anliegen im Fakultätsrat vorzutragen und dort und anschließend im Akademischen Senat eine Entscheidung herbeizuführen.

Doch schon im Fakultätsrat stieß ich auf massive Vorbehalte und Widerstände. Insbesondere der Kollege, dessen Referenten ich vor einiger Zeit so, wie er es nannte, brüskiert und vorgeführt hatte, zeigte keinerlei Bereitschaft, meinem Anliegen zu folgen, und fragte mich, wie ich es mit meinem wissenschaftlichen Anspruch vereinbaren könne, einem solchen »Schwachmatiker« und »Dünnbrettbohrer« einen Professorentitel zu verschaffen. Ich konnte dem nur entgegenhalten, dass Nortmann alle formalen Voraussetzungen erfüllt hatte und die Fakultät ihm zumindest durch meinen Vorgänger und den früheren Dekan diesen Titel nicht nur in Aussicht gestellt, sondern quasi versprochen habe.

In den folgenden Wochen nahm diese Angelegenheit sehr viel von meiner Zeit in Anspruch. Ich führte lange Gespräche, redete in Engelszungen mit diversen Angehörigen meiner Fakultät und Mitgliedern des Akademischen Senats der Universität bis hinauf zum Präsidenten. Als es schließlich im Fakultätsrat zur Abstimmung kam, verließen gerade so viele Mitglieder den Raum, dass noch Beschlussfähigkeit gegeben war. Die Anwesenden stimmten meinem Antrag zu, ebenso einige Tage später die Mitglieder des Akademischen Senats.

Ich hatte nun zwar das Projekt Dino erfolgreich zum Abschluss gebracht, dabei aber die Geduld und das Wohlwollen einiger meiner Kollegen gehörig strapaziert. Meine Bereitschaft, mich in der akademischen Selbstverwaltung zu engagieren, hatte einen gehörigen Dämpfer erhalten.

Dankbarkeit von Diethard Nortmann hatte ich nicht erwartet. Für ihn war ich wohl bestenfalls ein braver Handlanger, schlimmstenfalls ein nützlicher Idiot. Ich ahnte nicht, dass mir der Dino einige Zeit später noch einmal an ganz anderer Stelle über den Weg laufen würde.

7.

Katja rief an. »Eine Anfrage von Inge. Hast du morgen Abend zufällig Zeit?« Ich dachte, es ginge um eine Einladung nach Lichterfelde, fragte aber erst einmal vorsichtig: »Zeit wofür? Und was heißt ›Abend‹?« – »Morgen Abend, Schlag 19 Uhr, beginnt die Mitgliederversammlung des TuS Dahlem.« – »Ja, interessant, aber ich bin doch kein Mitglied dieses Vereins. Und über Mitgliederversammlungen von Sportvereinen hört man nur das Allerschlimmste. Die sollen fast so schrecklich sein wie Eigentümerversammlungen von Wohnhäusern. Also …« Katja blieb trotz meiner renitenten Haltung geduldig und legte noch etwas mütterlichen Schmelz in ihre Stimme, dem ich, wie sie wusste, immer nur schwer widerstehen konnte: »Weder Inge noch Thomas – der schon gar nicht – haben Lust, an dieser Veranstaltung teilzunehmen. Aber es soll ein neuer Präsident gewählt werden, und da hat es im Vorwege einen regelrechten Wahlkampf gegeben. Alle Vereinsmitglieder wurden dringend aufgefordert, teilzunehmen und von ihrem Stimmrecht Gebrauch zu machen, denn es geht angeblich um eine Entscheidung, die wegweisend für die Zukunft des Vereins sein wird. Daher war Inge eigentlich bereit, den Abend für dieses Spektakel zu opfern, aber es ist ihr kurzfristig etwas noch Dringenderes dazwischengekommen, und daher hat sie bei mir angefragt, ob du vielleicht … Du kennst dich doch im Sport ohnehin viel besser aus als sie und begleitest Lukas regelmäßig zum Training …«

»Aber bin ich überhaupt teilnahmeberechtigt? Und auch stimmberechtigt?« – »Das hab ich auch gleich gefragt. Inge sagt, ja, das bist du, wenn du die entsprechenden Unterlagen vorlegst. Die wird sie, wenn du zustimmst, scannen und dir per E-Mail zuschicken.« – »Und wird sie mir auch Weisungen für die Abstimmungen erteilen?« – Sie lachte, denn sie wusste natürlich, dass diese Frage nicht ernstgemeint war. »Ich glaube, sie hat sich noch gar nicht mit den Punkten, über die abgestimmt werden soll, beschäftigt. Sie hat wohl nur mitbekommen, dass sich bezüglich der Wahl zum Präsidenten zwei Lager gegenüberstehen. Auf der einen Seite stehen die Traditionalisten, die einen Kandidaten unterstützen, der seit Jahrzehnten Mitglied ist und schon diverse Ehrenämter im Verein bekleidet hat. Der andere soll ein neureicher Typ sein, der erst vor kurzem in den Verein eingetreten ist und die Mitglieder damit ködert, dass er viel Geld in den Verein pumpen will. Und der Verein hat das wohl nötig.«

»Du weißt ja bestens Bescheid – warum nimmst du denn nicht an der Versammlung teil?« – »Weil ich denselben Termin habe wie Inge, Dummkopf!« Sie war sich sicher, dass sie mich wie üblich herumgekriegt hatte, und schaltete nun im Tonfall von mütterlich auf burschikos um. Ich »rächte« mich, indem ich bewusst nicht danach fragte, um was für einen hochwichtigen Termin es sich handelte und ob dazu nur die beiden Schwestern zusammenkämen, sondern sagte stattdessen »Dann hoff ich mal, dass Eure Veranstaltung der Mitgliederversammlung des TuS Dahlem keine Konkurrenz macht, so dass wir da am Ende gar nicht beschlussfähig sind. Und nennst du mir bitte noch den Ort – ich meine, nicht den, wo Ihr Euch trefft, sondern wohin ich mich morgen Abend zu begeben habe.«

Und so traf ich am nächsten Abend kurz vor sieben an der Sporthalle des TuS Dahlem an der Onkel-Tom-Straße ein. Es war gar nicht so leicht, mit dem Rad bis zu den Fahrradständern an der Halle zu kommen, denn auf der Straße und auf den Seitenstreifen drängten und stauten sich die Autos der Anwohner und der Vereinsmitglieder. Auch am Eingang der Halle gab es ein großes Gewimmel, und die Ordner wurden von den hineindrängenden Teilnehmern förmlich überrollt. Niemand kontrollierte meine Eingangsberechtigung.

An einem Ende der Halle war ein Podest aufgebaut worden, auf dem ein langer Tisch und seitlich davon ein Rednerpult standen. Der größere Teil der Halle war mit Bänken, wie sie in Biergärten üblich sind, vollgestellt, und ein großer Teil der Plätze war schon besetzt. Ich setzte mich in die Nähe des Podestes und wollte mir eigentlich die Unterlagen, die Inge mir geschickt hatte, ansehen, aber das Gedränge und Geschubse zwischen den eng gestellten Bänken ließen das nicht zu. Auf den freien Platz neben mir ließ sich ein recht korpulenter Sportsfreund nieder und rempelte mich dabei kräftig an, so dass mir die Blätter auch noch aus der Hand fielen.

Nach und nach betraten auch die Vereinshonoratioren das Podest, der Versammlungsleiter, vielleicht der Altpräsident, nuschelte ins Mikrophon, dass sich der Beginn der Versammlung wegen des großen Andrangs ein wenig verzögern würde, irgendjemand rief »Aber dennoch hat sich Bolle janz köstlich amüsiert!«, was große Heiterkeit hervorrief, und schließlich nahm das Schicksal dieses denkwürdigen Abends seinen Lauf.

Nach Erledigung zahlreicher Regularien, die überwiegend kaum jemanden im Auditorium interessierten, war endlich der Tagesordnungspunkt »Neuwahl des Vereinspräsidenten« an der Reihe. Es gab tatsächlich nur zwei Kandidaten. Der erste stellte sich vor als Johannes, genannt Hanne, Czekalla. In seiner Bewerbungsrede, die er mit »Ihr kennt mich ja!« begann, zählte er sämtliche Ämter auf, die er schon im Verein und darüber hinaus in Gremien des Landessportbundes Berlin ausgeübt hatte. Der Dicke neben mir kommentierte das mit den Worten »Sein Opa war schon im Verein, als im Wappen noch een Hakenkreuz drinne war.« Die Aufforderung des Sitzungsleiters, Fragen an den Bewerber zu stellen, fand keinen Widerhall. Nur ein Teilnehmer stand auf und erklärte, er würde selbstverständlich für Hanne Czekalla stimmen, denn der habe ein Herz für Fußball und für den Verein, und das sei schließlich das Wichtigste.

Ich konnte nicht wissen, dass diese Bemerkung in erster Linie auf den Gegenkandidaten gemünzt war, und, da ich die Unterlagen nicht gelesen hatte, konnte ich erst recht nicht ahnen, um wen es sich dabei handelte. Denn der Mann, der nun – noch bevor der Sitzungsleiter ihn dazu aufgefordert hatte – zum Podium eilte und sich hinter das Pult und, da dieses für ihn ein wenig zu hoch war, auf die Zehenspitzen stellte, war niemand anderes als der von meiner

Fakultät zum außerplanmäßigen Professor geadelte Unternehmer Diethard Nortmann.

Ich hatte mich kaum von dieser Überraschung erholt, da durfte ich schon die wohl originellste Bewerbungsrede anhören, die ich bis dahin in meinem an Reden aller Art nicht gerade armen Leben genossen hatte. Natürlich kannte Dino seine Schwachstelle, die fehlende Verankerung im Verein, und natürlich war er schlau genug, nicht allzu sehr mit seinem stärksten Pfund, der finanziellen Unterstützung für den Verein, zu wuchern.

Er oder, wenn er so etwas hatte, sein Ghostwriter war auf die Idee verfallen, Nortmanns sportliche Kompetenz durch ein wahres Feuerwerk an Zitaten von bekannten Fußballweisen unter Beweis zu stellen. Und er beließ es nicht bei den uralten Seppl-Herberger-Sprüchen wie »Der Ball ist rund« oder »Das nächste Spiel ist immer das schwerste«. So bekannte er eingangs, hier nichts »hochkristallisieren« (René Adler) und erst recht nichts »hochsterilisieren« (Bruno Labbadia) zu wollen. Und er sei natürlich auch nicht so ein Jammerlappen wie Bertie Vogts, der mal gesagt habe »Wenn ich übers Wasser laufe, dann sagen meine Kritiker: Nicht mal schwimmen kann er!« Da halte er es doch eher mit dem Brasilianer Ailton und dessen Motto »Orgasmus nur, wenn ich schieße Tor!«

Nach diesem vermeintlichen Brüller machte Nortmann eine Pause, schaute, so gut es ging, über sein Pult ins Auditorium in der Erwartung eines heftigen Gelächters – aber bis auf einige vereinzelte Rufe verfiel die Versammlung geradezu in eine Schockstarre. Einen solchen Stammtischspruch von einem zukünftigen Präsidenten wollte auch in dieser männlich dominierten Runde kaum jemand hören. Dino merkte wohl, dass er überzogen hatte. Er wies dann nur noch darauf hin, dass der Vertrag, mit dem seine Firma für die nächsten zwei Spielzeiten »Premium Partner« und Trikotsponsor des Vereins werden wolle, unterschriftsreif sei, und schloss mit einem abgewandelten Otto-Rehhagel-Zitat: »Liebe Sportsfreunde – der Otto hat im Scherz gesagt ›Mal verliert man, und mal gewinnen die anderen.‹ Ich kehre diesen Spruch um und sage Euch als Euer zukünftiger Präsident: ›Mal gewinnen wir, und mal verlieren die anderen.‹ Ich danke Euch für Euer Vertrauen.«

In der anschließenden Diskussion betonten die Mitglieder des amtierenden Vorstandes immer wieder die angespannte Finanzlage des Vereins und die Notwendigkeit, erhebliche Mittel in die Renovierung des vereinseigenen Stadions zu investieren. Diethard Nortmann wurde mit über sechzig Prozent der Stimmen zum neuen Präsidenten gewählt.

Ich hatte für Hanne Czekalla gestimmt und musste zur Strafe anschließend im strömenden Regen nach Hause radeln.

8.

Kurzmeldung in einer Berliner Zeitung vom 7.03.201…: »Der Berliner Traditionsverein TuS Dahlem, der zuletzt wegen finanzieller Probleme in die Schlagzeilen geraten war, hat einen neuen Präsidenten. Zum Nachfolger des zurückgetretenen Peter »Piko« Paulsen wurde gestern Abend auf einer Mitgliederversammlung mit großer Mehrheit der Unternehmer Diethard Nortmann gewählt. Nortmann ist der Chef des Software-Unternehmens *datima* GmbH. Das Logo von *datima* wird künftig auf den Trikots der Herrenmannschaften von TuS Dahlem erscheinen.«

Aus einem Artikel in einer Berliner Zeitung vom 9.03.201…: »Der neue Präsident des TuS Dahlem, Professor Diethard Nortmann, hat an Stelle einer Pressekonferenz Berliner Sportjournalisten zu einem Pressegespräch gebeten. Dies fand im exklusiven China-Club im Hotel ADLON statt. Nachdem er sich vorgestellt und seinen beruflichen Werdegang skizziert hatte, erläuterte Nortmann seine Pläne für den Club. Vordringlich sei eine finanzielle Sanierung, an der er sich und sein Unternehmen auch direkt beteiligen wolle. Verträge für die Trikot- und Bandenwerbung seien fertig – es müssten allerdings noch einige rechtliche Fragen geklärt werden. Schmunzelnd wies Nortmann darauf hin, ›dass er ja schlecht links *und* rechts unterschreiben könne – das hat ja nicht mal Donald Trump geschafft.‹

Im nächsten Schritt werde er die Vereinsstruktur personell und organisatorisch durchleuchten – da liege nach seinem Eindruck manches im Argen. Er werde keine Erbhöfe dulden und in einzelnen Bereichen, falls erforderlich, ›keinen Stein auf dem anderen lassen.‹ Bei der nötigen Reform der Verwaltung werde er selbstverständlich seine Expertise als Chef eines Software-Hauses einbringen. ›Beim TuS Dahlem soll der Begriff Digitalisierung nicht nur ein Schlagwort sein‹, betonte er. Da er bisher außer in seinem Golfclub keine direkte Erfahrung mit Sportvereinen im Allgemeinen und dem Vereinsfußball im Besonderen habe, wolle er einen Berater einstellen, den er selbstverständlich aus der eigenen Tasche bezahlen werde. Aussichtsreiche Gespräche dazu liefen schon. Sportliches Ziel sei der Aufstieg der 1. Herrenmannschaft in die Berlin-Liga, Fernziel die Oberliga Nordost.«

Ein Artikel in einer anderen Berliner Zeitung vom 10.03.201…: »Nur wenige Berliner:innen können bisher mit dem Namen Diethard Nortmann etwas anfangen. Das wird sich vermutlich bald ändern. Als Inhaber des Unternehmens *datima*, Vorstandsmitglied eines Golfclubs, Präsident des LIONS-Clubs Onkel Tom und Universitätsprofessor war der umtriebige Manager bisher nur einem kleinen Kreis von Insidern bekannt. Sein umstrittenes Engagement für eine als rechtsextrem eingestufte politische Splittergruppe geriet kaum in den Blick der Öffentlichkeit und schon bald wieder in Vergessenheit. Doch nun hat er sich erfolgreich um das Amt des Präsidenten des TuS Dahlem beworben und gestern in einem sogenannten Pressegepräch offenbar weitreichende Pläne zur Umstrukturierung des traditionsreichen und trotz aktueller Turbulenzen immer noch sehr beliebten, renommierten und in Zehlendorf fest verankerten Vereins angekündigt. Nicht wenige langjährige Amtsträger und Angestellte des Vereins befürchten aber, dass der TuS Dahlem zu einem Vehikel der persönlichen Ambitionen des Diethard Nortmann werden wird.«

9.

Bei Inge und Thomas schien der Haussegen schiefzuhängen. Als Kenner der Familie hätte ich das schon daraus schließen können, dass mir aus dem geöffneten Wohnzimmerfenster die grauenhafte Kakophonie eines Heino-Liedes entgegenschallte. Thomas besaß diverse Platten dieses Barden, und wenn er schlecht gelaunt war, suchte er musikalischen Trost und emotionale Kameradschaft in dessen zweifelhaftem Œuvre. Katja war schon vor mir eingetroffen und assistierte Inge beim Decken des Kaffeetisches auf der Terrasse. Der olfaktorische Teil der Begrüßung fiel wesentlich angenehmer aus als der akustische, denn Inge kochte einen ausgezeichneten Kaffee, dessen Duft die »Caramba, Caracho, ein Whisky«-Fahne aus dem Wohnzimmer ein wenig neutralisierte.

Kaum zu glauben – aber auch hinter diesem Kaffee-Genuss steckte niemand anderes als Thomas. Er hatte sich vor Jahren von Inge zum Besuch einer Ausstellung in das wunderbare »Haus am Waldsee« schleppen lassen, den die beiden mit einem Aufenthalt in der kleinen Cafeteria abschlossen. Der Kaffee schmeckte Inge so gut, dass sie den Studenten, der dort als Barista jobbte, nach der Kaffeemaschine und der Kaffeesorte fragte. Der damals offenbar noch ziemlich verliebte Thomas hatte sich alles gemerkt und zu einem der nächsten festlichen Anlässe Inge mit einer solchen Kaffeemaschine und einer üppigen Klinikpackung des Kaffees überrascht.

Täuschte ich mich, oder fiel der Empfang durch Katja etwas kühler aus als gewöhnlich? Inge dagegen ließ sich nichts anmerken und hielt mir brav eine Wange für den Begrüßungskuss hin. »Ist Lukas gar nicht da?«, fragte ich, und sie antwortete: »Der ist auf dem Bolzplatz. Würde sich freuen, wenn du nachher mal dort vorbeischaust.« Damit hatte der Junge mir ein perfektes Alibi für einen frühzeitigen Aufbruch von der Kaffeetafel verschafft, allerdings würde mein Schuhwerk eine aktive Beteiligung am Bolzen nicht zulassen.

»Thomas, fertig! Und leg mal andere Musik auf!« rief Inge in Richtung Wohnzimmer. Thomas dachte nicht daran, das gerade laufende Stück vorzeitig zu stoppen, aber nach der letzten Fanfare von »Wir lagen vor Madagaskar« beendete er tatsächlich den Heino-Krach und legte eine CD auf, die ich nach Anhören einiger Lieder als eine deutsche Schlagerparade der sechziger Jahre identifizierte. War das nicht gerade Manuela, die eigentlich Doris Inge Wegener hieß, mit ihrem größten Hit »Schuld war nur der Bossa Nova«, den wir als Schüler immer zu »Schuld war nur der Boss vom Opa« verballhornt hatten? Einen Moment lang befiel mich ein leichter Trübsinn angesichts des Gedankens, dass ich inzwischen ein Alter erreicht hatte, in dem ich gut und gern selber Großvater sein könnte. Und ich hatte nicht einmal Kinder – aber immerhin einen Fast-Neffen Lukas, tröstete ich mich.

Es ging weiter mit Ivo Robić und Peter Kraus, und dann war noch einmal Manuela dran, diesmal mit »Schwimmen lernt man im See«. Bei der Zeile »Das Küssen lernt man nur im Land der Liebe allein« schaute ich auf Katja in der Erwartung, dass sie mir einen schmachtenden, sehnsüchtigen, zumindest aber melancholischen Blick zuwerfen würde, doch sie konzentrierte sich auf das Einschenken des Kaffees.

»Haben sie sowas gestern Abend auch gespielt bei Eurer Party?«, fragte Thomas. Die beiden Frauen sahen ihn überrascht, geradezu entgeistert an. Offenbar hatte er mit dieser Frage gegen eine Abrede verstoßen. Mir schwante, um was es ging, aber ich hätte mir lieber auf die Zunge gebissen, als nachzufragen. Dafür bohrte Thomas nach: »Wollt Ihr es ihm nicht sagen?« Inge und Katja schauten sich ziemlich ratlos an. Ich konzentrierte mich auf Manuela, die zum wiederholten Male ihr gerolltes »R« bei der Zeile »Schlittenfahren im Schnee« strapazierte.

Schließlich fasste sich Katja ein Herz: »Inge und ich waren gestern Abend auf einer Ü40-Party.« Ich hatte mit einer privaten Feier gerechnet, bei der ich als Begleiter aus einem mir noch unbekannten Grund nicht eingeladen oder möglicherweise auch nicht willkommen war – aber eine Ü40-Party? Ohne mich vorher einzuweihen?

Oder, schlimmer noch, ohne es mir wenigstens im Nachhinein zu erzählen? Ich muss ein ziemlich konsterniertes Gesicht gemacht haben, denn keine der beiden Schwestern ergriff zunächst das Wort.

»Nun kannst du ihm ja auch gleich sagen, dass du da jemanden kennengelernt hast,« goss Thomas genüsslich noch mehr Öl ins Feuer. Katja warf ihm einen vernichtenden Blick zu, schwieg aber. Es vergingen quälende Sekunden, in denen niemand etwas sagte. Mir schossen allerlei Gedanken durch den Kopf, und schließlich beendete ich das Schweigen mit einem ziemlich hilflosen Anflug von Sarkasmus: »Na, wenn dieser Jemand wenigstens nicht Heinz Georg Kramm gewesen ist!« Immerhin hatte ich damit Thomas auf dem falschen Fuß erwischt: »Wer ist das denn?« Er schaute nacheinander Inge, Katja und mich an. »Das ist dein guter Freund Heino! Das ist dieser gute Deutsche, von dem der Satz stammt ›Wir haben vor jedem Auftritt Nutten, Koks und frische Erdbeeren verlangt. Frische Erdbeeren waren immer am schwierigsten zu bekommen.‹«

»Na siehste!« Thomas reagierte unerwartet schnell. »Das beweist doch immerhin, dass Heino nicht schwul ist.« Ich hatte Thomas noch nie so schlagfertig erlebt wie bei diesem Thema.

10.

Vorlesungsfreie Zeit – keine Lehrveranstaltungen, keine Sitzungen, keine Prüfungen, kein Forschungsprojekt, das eilte, und auf meinem Schreibtisch lagen nur zwei Master-Arbeiten, deren Begutachtung Zeit hatte. Alle meine Mitarbeiter waren im Urlaub bis auf eine studentische Hilfskraft. Dieser junge Mann saß in der Bibliothek, hatte aber weniger mit Büchern zu tun als mit der Betreuung der Computer und Drucker, die dort für externe Nutzer bereitstanden – auf Tischen, die ursprünglich einmal zum Studium der wissenschaftlichen Bücher und Zeitschriften vorgesehen waren und im Zeitalter des World Wide Web und der Open-Access-Publikationen kaum noch dafür benötigt wurden.

Ich war mit Lukas verabredet und beschloss, das schöne Wetter zu nutzen und nicht erst zum Trainingsbeginn zu erscheinen, sondern in einem Bogen durch Zehlendorf zu radeln und Lukas von zu Hause abzuholen. Lukas war allein zu Hause, hatte seine Sachen aber schon gepackt, so dass wir gleich starten konnten. Als wir auf dem Trainingsplatz ankamen, waren zwar die meisten seiner Mitspieler, manche mit, manche ohne Begleitung, schon anwesend, aber von Lauberger war noch nichts zu sehen. Die Spieler machten sich für das Training fertig – diejenigen, die mit dem Auto gebracht wurden, waren ohnehin schon bereit, die anderen mussten allenfalls eine Jacke ablegen und ihre Fußballschuhe anziehen. Da ja alle einen eigenen Ball dabei hatten, begann nun ein munteres Geckicke, Gedribble und Jonglieren.

Zum vorgesehenen Zeitpunkt des Trainingsbeginns war Lauberger immer noch nicht da, und eine Viertelstunde später immer noch nicht. Allgemeine Ratlosigkeit machte sich breit. Dann kam aber die Kioskbesitzerin angelaufen und teilte mit, dass Henry sich um ca. eine Stunde verspäten würde. Die Jungen sollten einfach inzwischen die bekannten Übungen, z. B. Spiele drei gegen drei auf die kleinen Tore, und Schussübungen machen, und die zweite Stunde würde dann planmäßig unter seiner Anleitung stattfinden. Er hätte aber wohl auch nichts dagegen, wenn sie, statt zu trainieren, beim Kiosk ein Eis essen würden, fügte sie hinzu und ließ dabei offen, ob dies wirklich eine Botschaft von Lauberger war oder eine Anregung von ihr persönlich.

Bei der U-Bahn-Station Onkel-Toms-Hütte gibt es ein kleines Einkaufszentrum und an einigen Tagen in der Woche auch einen winzigen Markt mit Ständen, wo man Obst, Gemüse, Fleisch, Käse und Backwaren kaufen konnte. Ich hatte vorgehabt und auch Lukas schon angekündigt, während des Trainings dorthin zu fahren in der Hoffnung, dass der Markt noch geöffnet hatte – falls nicht, hätte ich das Nötigste bei dem Discounter im U-Bahnhof gekauft. »Dann fahre ich jetzt schon zum Markt«, sagte ich, und Lukas antwortete, dass er mitkommen werde, das chaotische Gekicke wolle er sich ersparen, und wir würden ja wohl rechtzeitig zurückkommen.

Auf dem Markt standen auch regelmäßig Angehörige der Zeugen Jehovas, die mit religiösen Drucksachen winkten und hofften, Passanten zu einem Gespräch ermuntern zu können. An diesem Tag jedoch hatte an dieser Stelle der LIONS-Club Onkel Tom einen Stand aufgebaut, um im Rahmen einer sogenannten Activity Geld für einen guten Zweck zu sammeln. Die Spendenbereitschaft war offenbar gerade nicht überwältigend, so dass die drei LIONS am Stand unter sich waren und etwas ratlos auf die Zehlendorfer Bürger guckten, die zur U-Bahn eilten oder ihr Geld lieber für den Erwerb von Grundnahrungsmitteln ausgaben. Zu meiner nicht geringen Überraschung war einer der drei Herren niemand anderes als Diethard Nortmann, und bevor ich mich unauffällig in die Warteschlange vor dem Käsestand einreihen konnte, hatte er mich auch schon entdeckt und kam mit ausgestreckten Armen auf uns zu.

»Kollege Rieger – das ist aber ein Überraschung«, dröhnte er und fügte mit einem Blick auf Lukas hinzu »Ihr Sprössling?« – »Nein, das ist …« Ich überlegte einen Moment, ob ich die notgedrungen umständliche Beschreibung meiner Beziehung zu Lukas abgeben sollte, und entschied mich dann zu einer kleinen Schwindelei: »Das ist mein Neffe.« – »Aha …« – Nortmann schien, obwohl er doch meine persönlichen Verhältnisse gar nicht kannte, leichte Zweifel zu haben: »Ist ja ein großer Junge!« – »Und Mitglied des TuS Dahlem«, fiel ich ihm rasch ins Wort und versuchte es dann mit einer kleinen Schmeichelei: »Sie sind also sozusagen sein Boss.«

»Ach, das wissen Sie? Ja, da hab ich mir ganz schön was aufgehalst. Der Verein muss gründlich umgekrempelt werden, nicht nur bei den Finanzen.« Er kam mir einen Schritt näher und sagte in gedämpftem Ton: »Da liegt so viel im Argen! Vetternwirtschaft, Unregelmäßigkeiten bei der Vergabe der Lizenzen für den Kiosk, Schmiergelder, Bestechung durch den Ausrüster, ein Sumpf! Und …« Er kam noch etwas näher und raunte » … dann noch diese Schwulen-Combo im Trainerstab! Widerlich!« Mit einem merkwürdigen Blick auf Lukas trat er wieder zurück und wechselte abrupt das Thema: »Und – wollen Sie auch etwas spenden?« Er deutete auf den Tisch hinter sich, auf dem ich nun Dutzende Golfbälle erblickte, die alle mit Zeichnungen versehen waren. »Ein kürzlich verstorbener Clubfreund hat jahrelang Golfbälle von großen Turnieren bis hin zu den Majors gesammelt – US Masters, British Open und natürlich die deutschen PGA-Turniere mit Langer und Kaymer. Spielen Sie Golf?«

»Nein«, musste ich bekennen und fügte kleinlaut hinzu »Dafür hat mir immer die Zeit und vielleicht auch die Geduld gefehlt.« Nortmann ging großmütig über dieses Eingeständnis hinweg und sagte: »Wir erwarten für jeden Ball eine Spende von zehn Euro. Das Geld geht an eine soziale Einrichtung.« Auch das noch! Ich erklärte tapfer, dass ich auf einen Golfball verzichten wolle, aber natürlich spenden würde, und klaubte einen Zehn-Euro-Schein aus meinem Portemonnaie.

»So, und nun müssen wir los zum Training!« Statt des Käsehändlers hatte der LIONS-Club Onkel Tom Kasse gemacht, und ich hatte nicht mal eine Spendenbescheinigung dafür erhalten.

11.

Ein Traum.

Ich stehe in der Herrentoilette des TuS-Dahlem-Sportplatzes vor einem Urinal. Die Toilette ist für eine Einrichtung dieser Art bemerkenswert sauber und gepflegt, nur vor einem der Waschbecken liegen einige gebrauchte Papierhandtücher auf dem Boden herum, die eigentlich in den danebenstehenden Papierkorb gehören. Beim Betreten des Raumes hatte ich den Eindruck, allein zu sein, aber nun öffnet sich hinter mir eine Tür – ohne dass es zuvor ein Spülgeräusch gegeben hätte –, und jemand verlässt die Zelle.

Ich drehe mich nicht um, spüre aber, dass der Mensch sich mir von hinten nähert und dann seine Arme um mich schließt. Nun wende ich doch den Kopf, so gut es bei dieser Umklammerung geht, und erkenne das Faktotum Charly. Charly ist ein Helfer – ich weiß nicht, ob ehrenamtlich oder gegen Bezahlung – des Platzwarts. Er nennt sich Greenkeeper, hat einen imposanten Kahlkopf und läuft fast das ganze Jahr über in Sandalen, einer kurzen Hose und T-Shirt herum. Seine Haut ist tief gebräunt, sein Alter unbestimmbar – ich würde ihn auf etwa vierzig Jahre schätzen. Charly ist ein dicker Freund von Henry Lauberger. Oft sieht man sie schon tagsüber zusammen beim Kiosk stehen, Henry mit einem Glas oder einer Flasche in der Hand, der dürre, magere Charly mit einer Zigarette im Mundwinkel.

»Was wollen Sie? Lassen Sie mich los!« Charly lockert seine Umarmung etwas. Ich versuche es mit Humor: »Wissen Sie, ich bin ein todlangweiliger monogamer heterosexueller Cis-Mann und möchte mir jetzt ganz dringend die Hände waschen.«

Charly lässt mich nun wirklich los, bleibt aber direkt neben mir stehen. Ich drücke auf den Knopf des Urinals, gurgelnd läuft das Spülwasser in die Schüssel. Charly ist mir noch so nahe, dass ich den scharfen Nikotingeruch seines Atems riechen kann. Ich sehe seine borstigen grauen Barthaare, die braune zerknitterte Stirn, die winzigen, tief liegenden Augen, die keine Lider zu haben scheinen, die hageren, knochigen Wangen. Er will etwas sagen, aber in diesem Moment öffnet sich die Tür zur Toilette und zwei Fußballer kommen laut schwadronierend herein.

Charly lässt sofort von mir ab und drängt sich an den beiden vorbei nach draußen. Trotz dieses Überfalls bin ich geistesgegenwärtig genug, den Reißverschluss meiner Hose zu überprüfen und danach sehr gründlich meine Hände zu waschen. Schon drängeln weitere Spieler in den Raum, ich eile nach draußen und … erwache aus diesem Albtraum.

12.

In einer Berliner Tageszeitung:

Gespräch mit Diethard Nortmann: Der neue Vorsitzende des TuS Dahlem hat große Pläne

Vor einer Woche wurde der Unternehmer Diethard Nortmann überraschend zum neuen Vorsitzenden des TuS Dahlem gewählt. Um seine ehrgeizigen Ziele zu erläutern, hat er uns zu einem Gespräch eingeladen. Dieses findet am Sitz seines Unternehmens *datima* GmbH in Wilmersdorf statt. Vor dem Eingang des erst kürzlich eingeweihten Neubaus erwartet uns der bullige Wachmann eines Sicherheitsunternehmens, und in den Sitzungssaal führt uns eine charmante Empfangsdame, deren Rocklänge man zutreffend mit »kaum dicker als eine G-Saite« beschreiben könnte.

Wir haben gerade an dem riesigen ovalen Tisch, in dessen Mitte Flaschen mit Mineralwasser und Kaffeekannen stehen, Platz genommen, als Diethard Nortmann den Raum betritt, gefolgt von einem Herrn, den er als seinen Anwalt vorstellt. »Dr. Mahncke soll mich davon abhalten, allzu dummes Zeug zu schwatzen«, erläutert Nortmann mit einem Grinsen. »Bitte bedienen Sie sich, und dann können wir gleich in medias res gehen.«

Professor Nortmann, Ihre Wahl zum neuen Vorsitzenden des TuS Dahlem hat für Überraschung gesorgt. Haben Sie selber mit einem Sieg gerechnet?

Ja. Ich war mir absolut sicher, dass eine Mehrheit der Mitglieder die zahlreichen Baustellen – um nicht zu sagen: Missstände – im Verein erkannt hat und nicht nur frischen Wind, sondern radikale Reformen wünscht. So etwas kann nur jemand bewirken, der von außen kommt. Daher hat das Argument, mir fehle der Stallgeruch, nicht gezogen, ganz im Gegenteil: Weil ich nicht in irgendwelche

Vereinsmeiereien und Klüngeleien verstrickt bin, traut man mir zu, den Laden auf Vordermann zu bringen.

Welche Missstände meinen Sie?

Das dringendste Problem sind die Finanzen. Der Verein braucht unbedingt Liquidität, um seinen Verpflichtungen – vor allem im Bereich der Gehälter – nachkommen zu können. Hier werde ich mit der *datima* GmbH als Premium- und Trikotsponsor einspringen, um die größten Löcher in der Kasse kurzfristig zu stopfen. Im nächsten Schritt geht es um die Erschließung neuer Geldquellen. Da müssen wir mit den anderen aktuellen und möglichen weiteren Sponsoren und Werbepartnern reden, auch mit dem Ausrüster, und wir müssen uns über die Mitgliedsbeiträge und die Eintrittspreise Gedanken machen. Ein besonderer Punkt ist die Vereinsgaststätte.

Haben Sie über das Finanzielle hinaus weitere Probleme identifiziert?

Ja, aber das sind Punkte, die zunächst intern besprochen werden müssen. Das betrifft zum Beispiel den vereinsinternen Filz, Cliquenwirtschaft, Netzwerke, die sich im Laufe der Jahre, in denen immer dieselben Leute das Sagen hatten, gebildet haben. Da ist offenbar auch manches vertuscht worden – warum soll es in einem Fußballverein anders zugehen als in der katholischen Kirche?

Sie sind ein erfolgreicher Unternehmer, haben Ämter in einem Golfclub und in einem LIONS-Club – woher nehmen Sie die Zeit, sich nun auch noch in einem Sportverein zu engagieren – und das in dem von Ihnen skizzierten Ausmaß?

Ich werde das ja nicht alles allein machen. Ich sehe mich in der Rolle des Antreibers und in der Position dessen, der die notwendigen Entscheidungen herbeiführt und durchsetzt. Ich werde einen Berater, der die Strukturen der Vereine und Verbände des Breitensports kennt, engagieren, und mich auch auf Mitarbeiter meines Unternehmens und in rechtlichen Fragen natürlich auf Dr. Mahncke stützen. Das ist alles kein Hexenwerk!

Es gab – und gibt vielleicht immer noch – Befürchtungen, dass Sie Ihr neues Amt nutzen könnten, um Ihre politischen Ambitionen zu befördern. Wie stehen Sie dazu?

Das ist – entschuldigen Sie den Ausdruck – Bullshit! Ich habe meine beruflichen und außerberuflichen Aufgaben nie mit Parteipolitik verbunden! Allerdings – ich werde meine Grundsätze, Anschauungen und Einstellungen auch nicht an der Garderobe des Vereinslokals abgeben. Ich werde hart durchgreifen und, falls nötig, auch mit eisernem Besen kehren, wenn und wo es mir erforderlich erscheint. – Mahncke, machen Sie doch nicht so ein bedröppeltes Gesicht!

Professor Nortmann, wir danken Ihnen für dieses Gespräch.

13.

Die Trennung von Katja verlief kurz, aber – zumindest für mich – keinesfalls schmerzlos. Es hatte zwar Anzeichen einer Ermüdung, Ernüchterung und auch einer gewissen Entfremdung in unserer Beziehung gegeben, aber ich hatte mich sehr lange gegen den Gedanken gesträubt, dass es für uns keine gemeinsame Zukunft geben würde. Wir hatten uns nur selten und so gut wie nie heftig gestritten, aber war das vielleicht auch ein Zeichen von schwindender Leidenschaft und nachlassendem Interesse für den anderen?

Da wir nicht verheiratet waren und in getrennten Wohnungen lebten – sie in Reinickendorf, ich in Schöneberg –, gab es keine praktischen Probleme bei der Auflösung unserer Verbindung. Sie hatte in meiner Wohnung nur ein paar Kleinigkeiten im Bad und einige Kleidungsstücke – diese Habseligkeiten füllten nicht einmal einen Umzugskarton. Noch weniger musste ich bei ihr abholen – der Pyjama und die Zahnbürste passten in meinen Rucksack. Meine Bücher und CDs ließ ich zurück – nicht nur als Andenken für sie, sondern auch aus Angst, sie könnten mich in allzu sentimentale Stimmung versetzen, wenn ich sie bei mir zu Hause in die Hand nahm.

Als ich schon im Begriff war, ihre Wohnung zum letzten Mal zu verlassen, rief sie mich noch einmal zurück. Einen Moment lang keimte in mir die Hoffnung, sie hätte es sich doch anders überlegt, aber es ging nur um eine Kleinigkeit: Als ich vor einiger Zeit eine neue Brille bekommen hatte, ließ ich die alte für einen etwaigen Notfall bei ihr. Die hatte sie nun noch in einer Schublade gefunden und reichte sie mir mit den Worten »Your specs!«

Dachte auch sie dabei an das Lied «Spicks and Specks» von den Bee Gees?

>>Where is the sun
That shone on my head
The sun in my life

It is dead, it is dead.«
Und
»Where is the girl I loved
All along
The girl that I loved
She's gone
She's gone.«

Lächerlich vielleicht, aber mir kamen die Tränen. Fast riss ich ihr die alte Brille aus der Hand und stürmte dann ohne Abschiedsgruß die Treppen hinunter.

Einige Tage später, in weniger aufgewühlter Stimmung, sah ich im Vorbeigehen in meinem Bücherregal die Lücke: Von den vier Bänden der »Jahrestage« von Uwe Johnson fehlte der zweite. Das war eines der Bücher, die ich bei Katja zurückgelassen hatte – ausgerechnet! Ich hatte als Schüler einige der frühen Werke von Uwe Johnson gelesen – nicht ohne Mühe und auch nicht ohne Pausen, nach denen ich mich manchmal zwingen musste, die sperrigen Texte wieder in Angriff zu nehmen. Als dann der vierte Band seines Hauptwerks, die »Jahrestage«, 1983 endlich erschien, leistete ich mir den Luxus, die vier Bücher zum für meine damaligen Verhältnisse gigantischen Preis von 26 DM pro Band zu kaufen.

Unbeeindruckt von der Schmähung des Kritikerpapstes Reich-Ranicki (»Ledern, nein, kunstledern!«) verschlang ich die vier Bände in der vorlesungsfreien Zeit zwischen Mitte Juli und Mitte Oktober 1983 fast am Stück, unterbrochen nur durch die Teilnahme an einer Tagung in Lindau. Dabei fühlte ich mich an ein Leseabenteuer aus meiner Jugend erinnert – irgendwann in den sechziger Jahren hatte ich in den Sommerferien die sechs ersten Bände der gesammelten Werke von Karl May (die »Wüstenbände«) nacheinander gelesen (und war am Ende etwas enttäuscht, dass der Schut nur einer der üblichen negativen Helden Mays war und nichts besonders Dämonisches an sich hatte).

Ich hätte mir den nun fehlenden zweiten Band natürlich nachkaufen können – aber selbst wenn er noch in gebundener Form erhältlich gewesen wäre, so wäre er nach meinem Empfinden ein Fremdkörper in der Reihe der drei anderen aus der Erstauflage gewesen. Was tun?

Wenn Katja und ich zusammen übernachteten, gingen wir meist zur gleichen Zeit ins Bett, und wenn dann beide noch einigermaßen aufnahmefähig waren, pflegte ich ihr vorzulesen – so lange, bis einem von uns die Augen zufielen. Aus dem zweiten Band der »Jahrestage« hatte ich zuletzt vor einigen Wochen vorgelesen. Ich meinte mich zu erinnern, dass da gerade ein Herr mit dem absonderlichen Namen Shuldiner in das Leben der Protagonistin Gesine Cresspahl getreten war.

Katja und ich waren einmal gemeinsam in New York City gewesen. Natürlich hatten wir vor dem Dakota House gestanden, in dem John Lennon zuletzt gewohnt hatte und vor dessen Eingang er ermordet worden war. Und als wir an der Upper West Side die gigantische Kathedrale St. John the Divine und den eindrucksvollen Campus der Columbia University besucht hatten, waren wir auch noch die mehr als zehn Blocks zum Haus 243 Riverside Drive hinuntergewandert, in dem Uwe Johnson (und im Roman auch seine Heldin Gesine Cresspahl) mehrere Jahre gelebt hatte.

Nun also lag der zweite Band der Jahrestage, gerade der mit dem Frauen-affinen lila Cover, irgendwo bei Katja herum – immer noch auf dem Nachttisch, in einem Regal oder gar schon in der Altpapiersammlung? Nichts könnte meine zwischen Verwirrung, Verzweiflung und Verdruss schwankende Gemütsverfassung jener Tage besser ausdrücken als meine Hilflosigkeit angesichts des einen in meinem Bücherregal fehlenden Bandes der »Jahrestage«.

Ich habe diese Lücke bis heute nicht geschlossen. Jedesmal, wenn sie mir beim Passieren des Regals ins Auge fällt, aber auch, wenn ich durch Friedenau radle und an der Niedstraße, wo Günter Grass gewohnt hat, und an der Stierstraße, der Berliner Adresse von Uwe Johnson, vorbeikomme, wird mir die Leere, die ich nach der Trennung von Katja verspürte, wieder schmerzlich bewusst. .

14.

Es stimmt nicht ganz, dass Katja und ich uns nie heftig gestritten haben. Zumindest an einen bösen Streit kann ich mich sehr gut erinnern – vielleicht, weil die Auseinandersetzung mich sehr verletzt hat und es mir im Nachhinein scheint, dass sie ein erstes starkes Anzeichen einer allmählichen Entfremdung war, die schließlich zu der Trennung führte.

Wir waren zusammen mit zwei anderen Paaren von einem Kollegen und seiner Frau zu einem Abendessen eingeladen worden. Katja holte mich mit ihrem Wagen zu Hause ab, und ich merkte gleich bei der Begrüßung, dass ihre Laune nicht die beste war. Ich hatte einen Strauß Blumen und eine Flasche Wein besorgt und schaffte es kaum, die Mitbringsel auf der Rückbank abzulegen und mich auf den Beifahrersitz zu setzen, da fuhr sie auch schon los – ohne eine Umarmung, ohne einen Begrüßungskuss.

Dann fragte sie unvermittelt »Warum hast du eigentlich noch ein Auto?« Ich war gedanklich noch mit der lieblosen Begrüßung beschäftigt, und diese Frage überraschte und befremdete mich noch mehr. Die Gegenfrage »Und warum hast du immer noch ein Auto?« verbot sich – sie war Innenarchitektin, hatte Kundschaft weit über das Stadtgebiet von Berlin hinaus und musste häufig größere Gegenstände transportieren, war also auf ein Auto angewiesen. Ich versuchte es mit einer Antwort, mit der ich ihr entgegenzukommen glaubte: »Die Frage habe ich mir auch schon gestellt. Ich brauche es wirklich kaum. Die letzten Fahrten habe ich mit Lukas gemacht, als wir zu Turnieren nach Falkensee und Altglienicke gefahren sind. Und …«

Aber Katja war an diesem Tag offensichtlich auf Krawall gebürstet und unterbrach mich: »Ach so! Nun muss also mein Neffe dafür herhalten, dass du so inkonsequemt bist und deine überflüssige Blechkiste nicht abschaffst!«

Ich wollte auf alle Fälle vermeiden, dass wir wie ein verkrachtes Paar bei unseren Gastgebern auftraten. Daher verkniff ich mir eine Entgegnung und schwieg lieber in der Hoffnung, sie dadurch nicht noch weiter zu reizen.

Der Abend verlief einigermaßen harmonisch. Wir wussten von früheren Begegnungen, dass eins der Paare – der Kollege Rudolf Hahn und seine Ehefrau, die auf den entzückenden Namen Ina-Isolde hörte – politische und weltanschauliche Meinungen vertrat, die den unseren in mancherlei Hinsicht diametral entgegengesetzt waren, aber wir hielten uns zurück, wenn das Gespräch auf besonders heikle oder brisante Punkte kam. Doch die Hahns hatten eine ganz besondere Überraschung parat.

»Du wolltest doch die Angelegenheit mit Frau Emmelmann ansprechen«, wandte sich Ina-Isolde an ihren Mann. »Ach ja – es ist vielleicht ganz sinnvoll und der Sache dienlich, wenn wir diesen Punkt hier im kleinen vertrauten Kreise schon einmal vorbesprechen«, sagte dieser und tat ein wenig überrascht, als wenn die beiden dies nicht zuvor abgesprochen hätten. »Ihr kennt doch alle die Familie Emmelmann?«

Ja, die Unternehmerfamilie Emmelmann war an der Universität bestens bekannt. Hans und Helene Emmelmann hatten mehrfach größere Spenden geleistet und unter anderem einen namhaften Betrag zur Verfügung gestellt, um in einem Hörsaal, der überwiegend von meiner Fakultät genutzt wurde, das marode Gestühl ersetzen zu lassen. Hans Emmelmann war schon vor längerer Zeit zum Ehrensenator der Universität ernannt worden, hatte sich aber zuletzt nicht mehr in der Öffentlichkeit gezeigt – es wurde gemunkelt, dass er an Alzheimer erkrankt war. Frau Emmelmann schien dagegen noch topfit zu sein. In den Klatschspalten der Lokalpresse tauchte sie des öfteren auf. Offenbar ließ sie sich besonders gern hinter dem Steuer ihres Lamborghini fotografieren.

Die Spendenbereitschaft der Familie Emmelmann hatte an der Universität nicht nur Begeisterung ausgelöst. Seit Jahren hielt sich hartnäckig das Gerücht, dass der Reichtum der Emmelmanns aus dubiosen Quellen stammte; es war die Rede von Betrügereien im

Zusammenhang mit den Privatisierungen durch die Treuhandanstalt. Der ASta hatte sogar gegen die Verleihung der Würde eines Ehrensenators an Hans Emmelmann protestiert und demonstriert.

»Ihr wisst, dass die Emmelmanns die Renovierung des Hörsaals 2 mit einem sechstelligen Betrag finanziert haben«, fuhr Rudolf Hahn fort. »Und Ihr wisst auch, dass der Hörsaal 1 sich in einem unzumutbaren Zustand befindet. Kürzlich ist Frau Emmelmann an mich herangetreten – wir treffen sie des Öfteren beim Golfen – und hat angekündigt, dass sie bereit sei, auch zur Restaurierung dieses Hörsaals eine Spende zu leisten …« Er machte eine Pause – vielleicht hatte er mit einer beifälligen Reaktion gerechnet. Als die Begeisterung ausblieb, fuhr er fort: »Sie hat dabei auch erwähnt, dass es bei Universitäten und kulturellen Einrichtungen zunehmend üblich sei, dass Mäzene nicht nur durch Titel wie Ehrendoktor oder Ehrensenator gewürdigt würden, sondern dass man z. B. Hörsäle oder Konzertsäle nach ihnen benennt.« – »Also Emmelmann-Hörsaal statt Hörsaal 1«, sagte der Gastgeber, »warum eigentlich nicht?«

Da ich schwieg, richteten sich die Blicke der anderen Anwesenden auf mich. Natürlich war ihnen – zumindest den Männern – bewusst, dass ich als Nortmann-Geschädigter von dieser Idee nicht gerade entzückt sein würde. Ich rang mir ein gequältes »Das kommt jetzt aber überraschend. Darüber müsste man nochmal nachdenken.« ab und hatte damit alle verprellt – die Befürworter dieser Idee und noch mehr Katja, die es mich nicht sofort, aber im weiteren Verlauf des Abends spüren ließ.

Wir hatten verabredet, dass wir nach dem Essen zu ihr fahren und bei ihr übernachten würden. Schon auf der Rückfahrt ließ sie mich ihre schlechte Laune wieder spüren, und als ich sie einmal darauf hinwies, dass sie die zulässige Höchstgeschwindigkeit deutlich überschritten hatte, fuhr sie mich an: »Männer sind als Beifahrer wirklich unerträglich. Könnt Ihr Eure Besserwisserei und Eure Bevormundung nicht einmal, ein einziges Mal, ein wenig zurücknehmen?«

Bei ihr zu Hause machten wir uns beide schnell bettfertig. Als wir nebeneinander lagen, hatte ich nicht den Mut, sie zu fragen, ob ich wie gewohnt etwas vorlesen solle. Aber ihr Verhalten beunruhigte mich doch so sehr, dass ich sie darauf ansprach: »Was ist eigentlich los mit dir? Was habe ich falsch gemacht?« Sie zögerte einen Moment und sagte dann: »Ich komme mit deiner Art nicht mehr zurecht. Es gibt einfach zu viele Dinge, bei denen wir nicht harmonieren. Ich will dir gar nicht die Schuld dafür geben …« – »Nenne mir nur ein Beispiel, ein einziges.« – »Vorhin. Als es um die Emmelmann-Geschichte ging. Warum hast du nicht das Rückgrat, um deinen tollen Kollegen ins Gesicht zu sagen, dass du mit diesen feinen Herrschaften nichts zu tun haben willst? Warum sagst du nicht, dass du es zum Kotzen findest, wie diese Angeberin in ihrer Krawallschüssel durch Berlin düst und sich dabei auch noch fotografieren lässt? Warum hast du nicht den Mut zu sagen, dass du dich nicht noch einmal über den Tisch ziehen lassen willst wie im Fall Nortmann?«

Als ich darauf nicht sofort antwortete, fügte sie noch hinzu: »Ich will einen Partner, der zu seinen Überzeugungen steht und diese selbstbewusst vertritt. Ich will keinen Waschlappen, der gerade genug Mut aufbringt, um vom Beifahrersitz aus das Einhalten der Straßenverkehrsordnung anzumahnen.«

So merkwürdig es klingt: Ich habe bis heute nicht herausgefunden, ob sie mich für einen anderen verlassen hat, weil sie mich nicht mehr ertragen konnte, oder ob sie einen anderen kennengelernt hatte und eine Rechtfertigung brauchte, um mich für diesen zu verlassen.

Ich finde mich in der Mathematik ganz gut zurecht. Frauen werden mir ewig ein Rätsel bleiben.

15.

»Eine Dame möchte Sie sprechen.« Wie immer, wenn meine Assistentin eine Anruferin zu mir durchstellte, die sie nicht mit dienstlichen Anliegen in Verbindung brachte, hatte ihre Stimme einen leicht süffisanten Unterton. Sogar wenn es sich um Katja gehandelt hatte, die ihr als meine Partnerin wohlbekannt war, konnte sie sich diesen irgendwie zwischen leichtem Spott, kaum verhohlener Neugierde und leisem Vorwurf changierenden Klang nicht verkneifen. »Ihren Namen hat sie nicht genannt.«

Es war Inge. »Entschuldige meinen Überfall. Ich will dich auch gar nicht lange stören … Du weißt, es tut mir furchtbar leid, was zwischen dir und Katja passiert ist! Ich hoffe, dass wir trotzdem in Verbindung bleiben, und vielleicht hast du ja auch weiterhin Lust, Lukas beim Fußball zu betreuen. Und darum geht es auch in erster Linie bei diesem Anruf. Hattest du heute schon Gelegenheit, in die Zeitungen zu gucken?« – »Ja, den Tagesspiegel und die Süddeutsche habe ich kurz durchgeblättert – alles andere muss bis heute Abend warten.« – »Thomas liest ja … du weißt schon.«

Ja, ich hatte seine Leib- und Magenzeitung, die sich anmaßend »Berliner Sprachrohr« nennt und wohl tatsächlich immer noch die höchste Auflage aller Berliner Tageszeitungen hat, schon häufiger bei Inge und Thomas herumliegen sehen. »Und – was steht denn so Wichtiges in dem Revolverblatt?« – »Die schreiben von einem ›Sex-Skandal beim TuS Dahlem‹ – am besten scan ich den Artikel und schicke ihn dir per E-Mail, wenn dir das recht ist. Thomas ist jedenfalls fuchsteufelswild – er war ja von Anfang an dagegen, dass wir Lukas dort anmelden.« – »Ich dachte, das läge nur daran, dass er nichts vom Fußballspielen hält?« – »Nein, er hat auch noch andere Vorbehalte gegen diesen Verein und fühlt sich nun bestätigt.«

»Na, da bin ich ja mal gespannt. Und, was unsere Verbindung anlangt: Wenn Katja nicht dazwischengrätscht und Thomas mich

nicht rauswirft, möchte ich den Kontakt zu Euch gern aufrecht-
erhalten und würde mich freuen, wenn ich Lukas weiterhin betreuen darf. Es sei denn – die Zeitungsmeldung ändert alles. Meine
E-Mail-Adresse hast du ja.«

Wenige Minuten später ging Inges E-Mail bei mir ein. Ich konnte
dem Scan nicht entnehmen, ob der Artikel im allgemeinen Teil der
Zeitung oder nur im Sportteil gestanden hatte. Der reißerischen
Überschrift nach hätte er durchaus auf der Titelseite stehen können:
»SEX-SKANDAL BEI TRADITIONSVEREIN. Der TuS Dahlem
wird von einem möglichen Sex-Skandal erschüttert. Aus Vereins-
kreisen wurde bekannt, dass es zwischen Trainern und Spielern
der Jugendmannschaften zu sexuellen Handlungen gekommen
sein soll. Diese Übergriffe sollen bereits seit mehreren Jahren stattgefunden haben. Sollte sich dies bestätigen, wäre es ein gewaltiger
Reputationsverlust für diesen Verein, der für seine erfolgreiche
Jugendarbeit überregional bekannt und angesehen ist.

Vertreter des Vereins wollten sich zu diesem Verdacht uns gegenüber vorerst nicht äußern, kündigten aber eine Stellungnahme des
Präsidiums für den heutigen Tag an.«

Ich hatte zunächst keine Zeit, dieser Geschichte weiter nachzu-
gehen, und musste meine Bestürzung darüber und meinen Drang,
Weiteres in Erfahrung zu bringen, erst einmal zurückstellen. Als
ich gegen 18 Uhr von der Sitzung einer Berufungskommission
in mein Büro zurückkam, durchsuchte ich als Erstes die Tageszeitungen, deren Lektüre ich bis dahin aufgeschoben hatte, und
danach das Internet nach entsprechenden Meldungen, fand aber
nichts bis auf eine Überschrift auf der Website des sogenannten
Berliner Sprachrohrs – der Artikel dazu versteckte sich hinter
einer Bezahlschranke.

Aber ein Knopf auf meinem Telefon blinkte rot, und als ich ihn
drückte, konnte ich im Display sehen, dass Inge noch einmal angerufen hatte, offenbar, nachdem meine Assistentin gegangen war.
Ich überlegte, ob ich zurückrufen sollte – es war ja gut möglich, dass
Thomas zu Hause und eventuell sogar gleich am Apparat war, und
das würde die Kommunikation vermutlich zumindest erschweren.

Ich entschied mich für einen Anruf und hatte Glück; Thomas war nicht zu Hause, und Inge war gleich am Apparat.

»Jürgen hier – gibt es etwas Neues? Ich habe bisher nichts herausgefunden.« – »Ja, einiges. Zunächst einmal hat sich Thomas, als er vorhin nach Hause kam, gleich auf Lukas gestürzt und ihn quasi ins Kreuzverhör genommen. Aber Lukas hat total gemauert, und als Thomas immer wütender und immer lauter wurde, hat er schließlich gar nichts mehr gesagt. Zum Glück hatte Thomas noch einen geschäftlichen Termin – jetzt ist er weg, und Lukas auch. Und dann hat mich eine andere Fußball-Mutti, entschuldige den Ausdruck, angerufen und gefragt, ob ich es schon wüsste. Sie war von einem Nachbarn auf den Artikel angesprochen worden, und hat ihren Sohn sofort befragt. Der hat geantwortet, dass er von solchen Dingen nichts wüsste – er habe so etwas nicht erlebt und auch nicht gerüchteweise davon gehört.«

Inge und ich waren also so schlau – genauer: so ahnungslos – wie zuvor. Ich versicherte ihr noch einmal, dass ich mich sehr gern weiter um Lukas und sein Fußballspiel kümmern würde, dass sie mich jederzeit – und ganz besonders in der aktuellen Situation – einspannen könnte und dass auch ich sie selbstverständlich über alles, was ich darüber erfuhr, auf dem Laufenden halten würde.

16.

Ich bin ein »Kind« des Radios (erst NDR auf UKW, nach Beginn der Beat-Ära die sogenannten Piratensender Radio London und Radio Caroline auf KW) und des Schwarz-Weiß-Fernsehens. Die ARD-Sportschau und das ZDF-Sportstudio habe ich fast von Anbeginn an gesehen und wurde geprägt durch die technische Dürftigkeit und visuelle Schlichtheit, mit denen Moderatoren wie Ernst Huberty, Rainer Günzler und Harry Valérien dabei umzugehen hatten, und die journalistische Schnörkellosigkeit, mit der sie zu Werke gingen.

Ich habe am Bildschirm den legendären Auftritt des Schimpansen Cheetah II erlebt, der mit seinem Herrchen, dem vielfachen Schwimm-Olympiasieger und Tarzan-Darsteller Johnny Weissmüller, und dessen Ehefrau Maria Baumann das Aktuelle Sportstudio besuchte und dieser die Perücke vom Kopf riss, und auch das denkwürdige Interview, das der Moderator Günzler mit dem Boxer Norbert Grupe, der sich auch Prinz von Homburg nannte, zu führen versuchte, das aber daran scheiterte, dass Grupe nach zwei kurzen Antworten zu Beginn beharrlich schwieg.

Demgegenüber sind mir die Sportsendungen der neueren Zeit ein Greuel: Übertragungen von neunzigminütigen Fußballspielen, die auf eine Sendezeit von mehr als drei Stunden aufgeblasen werden, in denen sogenannte Experten immer dieselben Plattitüden herunterbeten und Spieler, die offenbar alle dieselben Sprachübungen absolviert haben, auf sinnlose Reporterfragen (»Wie fühlen Sie sich nach diesem Sieg?«) stereotyp immer die gleichen einstudierten Antworten geben (»Ich freue mich, ja, dass ich, ja, der Mannschaft helfen konnte.«). Spieler zumal, die mehr Zeit bei Friseuren und in Tattoostudios, gern auch in Pokerrunden, verbringen als auf dem Trainingsplatz. Was für ein Gegensatz zwischen dem Stoiker Gerd Müller und dessen Namensvetter Thomas, der es, ewig gestikulierend, grimassierend, reklamierend und protestierend, zur Dauerpräsenz in den Medien gebracht hat!

Manchmal frage ich mich, warum seriöse Sportjournalisten, die es ja auch gibt, den ganzen Unsinn, der über die Mikrophone der Fernsehanstalten und auf den Sportseiten der Zeitungen verbreitet wird, einfach so hinnehmen. Warum sagt oder schreibt nicht mal einer, dass es sich beispielsweise bei den »Schnittstellen«, in die angeblich manche Pässe gespielt werden, um das genaue Gegenteil handelt, nämlich um Lücken in der Abwehrkette?

Ich bin daher auch nicht auf die Idee gekommen, Verträge mit Pay-TV-Anbietern abzuschließen, auch wenn viele Direktübertragungen nur noch auf diesem Weg verfolgt werden können. Diese Abstinenz halte ich allerdings nicht hundertprozentig durch – bei manchen Spielen, Endspielen zumal, reizt es mich dann doch zu sehr, live dabei zu sein. Und diese Inkonsequenz wurde, seitdem ich Lukas zum Training begleitete, ausgerechnet von der Vereinsgaststätte des TuS Dahlem stimuliert und gefördert.

Dort gab es nämlich einen Fernseher, und die jeweiligen Wirte und Pächter warben sogar damit, dass bei ihnen die maßgeblichen Pay-TV-Sender empfangen und somit zahlreiche Sportübertragungen verfolgt werden konnten.

Am Abend nach einem Dienstag-Training, zu dem ich Lukas begleitet hatte und bei dem es wieder einmal zu einer Auseinandersetzung zwischen einem Vater und dem Trainer gekommen war, sollte ab 21 Uhr das Champions-League-Spiel FC Liverpool gegen Real Madrid stattfinden und nur im Pay-TV übertragen werden. Wie so oft lud ich Lukas zu einem Imbiss ein. Er schwankte zwischen einem Eis und der Standard-Kombination »Currywurst/Pommes frites«, entschied sich trotz des warmen Spätsommerabends für Letzteres, und ich schloss mich an.

Wir wollten im Freien sitzen, und so gab ich meine Bestellung bei der Wirtin Reni an dem Fenster ab, von dem aus sie nach draußen verkaufte, und fragte gleich: »Kann man bei Euch nachher Champions-League gucken?« –»Ja, aber nur, wenn die Herrschaften sich nicht zwei Stunden lang an einem Glas Stilles Wasser festhalten!« – »Deswegen bau ich ja schon mal vor mit zwei Menüs, die meine Zeche in die Höhe treiben!«

Ich fragte Lukas, ob er vielleicht auch das Spiel ansehen wolle, und bot ihm an, zu Hause anzurufen und die Erlaubnis dafür zu erbitten, aber er winkte ab: »Ich schreib morgen früh eine Mathearbeit, und auch sonst würde mein Vater es nicht erlauben. Du weißt ja, was er vom Fußball hält …« – »Und wenn ich Deinen Eltern anbiete, bis zum Beginn des Spiels mit dir für die Arbeit zu üben«, unterbrach ich ihn, halb im Scherz, halb ernst gemeint. »Hat keinen Zweck«, lächelte Lukas, »seit der Sex-Geschichte hier im Verein ist er noch sturer geworden.«

Reni rief »Zweimal Pommes!«, und ich kämpfte mich durch die Schlange, die sich inzwischen vor dem Fenster gebildet hatte, zu ihr vor. Dort stand nun auch der Vater, der sich vorhin so aufgeregt hatte. Er hatte sich offensichtlich noch nicht beruhigt, redete laut auf den neben ihm stehenden Mann ein und gestikulierte so heftig, dass ich Mühe hatte, an ihm vorbeizukommen, ohne mir die Teller aus den Händen schlagen zu lassen.

»Mayo?«, fragte Lukas – ich hatte wieder einmal vergessen, für ihn Mayonnaise für die Pommes frites mitzubringen. Er ging selber, um sie zu holen, und wäre dabei fast in einen Konflikt mit dem aufgeregten Vater geraten, der sich immer noch nicht beruhigt hatte und dachte, dass Lukas sich vordrängeln wollte.

»Bin ich froh, dass Papa nicht herkommt«, sagte Lukas, » der würde sich auch über alles gleich aufregen.« – »Hat der Mann denn wenigstens einen Grund dafür? Ist sein Ärger berechtigt?«- »Teils, teils. Der sieht natürlich immer nur seinen Sohn. Und denkt, den würde Henry nicht so beachten und so fördern, wie er es verdient. Marko ist ein Dribbler, der immer nur im Sturm spielen will und niemals abspielt, wenn er den Ball hat.« – »Und das geht natürlich nicht bei einem Mannschaftssport wie Fußball, da muss ein Trainer doch eingreifen.« – »Ja, aber andererseits hat Marko durch seine Alleingänge und seine Tore schon manches Spiel für uns entschieden.«

Als Lukas seine Currywurst und die Pommes mit Mayo vertilgt

hatte, verabschiedeten wir uns voneinander, und ich fragte ihn: »Nächste Woche wieder?« – »Ja, gern!« – »Grüß Mama und Papa von mir. Und viel Glück morgen bei der Mathearbeit!«

Ich hätte jetzt schon nach drinnen gehen und mir die frühen Spiele anschauen könne, aber Partien wie Roter Stern Belgrad gegen Young Boys Bern interessierten mich nicht. Lieber nutzte ich die sommerliche Helligkeit, um draußen noch ein wenig zu lesen – ich hatte immer eine Lektüre dabei, wenn ich Lukas zum Training oder bei Wettspielen begleitete.

Gegen halb neun ging ich dann aber doch in den Innenraum der Gaststätte, um mir einen Platz mit gutem Blick auf das TV-Gerät zu sichern. Viele Tische waren schon besetzt – fast ausschließlich mit Männern –, aber ich fand noch einen freien Stuhl in günstiger Position.

Kurz vor Spielbeginn betrat Henry Lauberger den Raum. Es gab nur noch wenige freie Plätze, und Henry entschied sich ausgerechnet für den einen freien an meinem Tisch. Er erkannte mich, nickte mir kurz zu und begrüßte einen anderen Gast deutlich freundlicher mit den Worten »Come On You Reds!«. »Heute nicht«, antwortete der Angesprochene, »heute ist Liverpool dran!« – »Das sind doch die Reds«, beharrte Henry. »Ja, nein, …« Der andere wusste nicht, was er antworten sollte. Ich sprang ihm bei. »Ja, stimmt, Liverpool sind die Reds. Aber die Reds sind auch Manchester United, und von denen stammt der Schlachtruf ›Come On You Reds‹. Gemünzt auf Bobby Charlton, George Best, …« Henry unterbrach mich ungehalten: »So ein Schlaumeier! Sie hat doch keiner gefragt!«

Bevor ich mir auch nur eine Entgegnung überlegen konnte – mir schoss sein Spitzname »Schlauberger« durch den Kopf –, rief jemand »Ruhe!«, denn in diesem Moment betraten die Mannschaften des FC Liverpool und von Real Madrid den Platz im berühmten Stadion an der Anfield Road.

Henry trank sehr viel an diesem Abend, und je mehr er trank, desto mehr entspannte sich die Stimmung zwischen uns beiden. Nach dem Ende der Partie, als die Zusammenfassungen der übrigen Spiele gezeigt werden sollten, leerte sich der Raum allmählich. Am

Ende blieben außer Reni und ihrem Freund Kalle nur noch der schwer angeschlagene Henry und ich übrig. Ich hatte nun doch noch ein paar Szenen des Spiels Belgrad gegen Bern gesehen, und Henry war nahe daran, mit mir Brüderschaft zu trinken. Das wäre wohl – im Wortsinne – eine der kurzlebigsten Verbrüderungen gewesen, die es je gegeben hat.

17.

Ich war wie vom Donner gerührt, hatte aber keine Gelegenheit, mein Erschrecken zum Ausdruck zu bringen oder nach den Umständen von Laubergers Tod zu fragen, denn Sawitzki schloss sogleich eine Frage an: »Ist es Ihnen recht, wenn ich gleich bei Ihnen vorbeikomme? Wach sind Sie ja noch.« Ja, es war mir recht – und wenn auch nur deswegen, weil ich begierig darauf war, Näheres über diese unfassbare Nachricht zu erfahren. Meine Adresse brauchte ich Sawitzki gar nicht erst zu nennen – er hatte sie ohnehin parat.

Ich schaltete den Fernseher aus und stellte stattdessen den Kaffeeautomaten an. Einen Espresso konnte ich jetzt gut gebrauchen, und vielleicht würde ich auch Sawitzki mit der angeblichen »köstlichen Kombination aus Robusta und Coffea Arabica« ein wenig für mich einnehmen.

Nach weniger als zwanzig Minuten stand Sawitzki vor meiner Tür. Den Espresso lehnte er ab, » … aber wenn Sie eine Tasse Tee für mich hätten, Kräutertee?« Mit der Kaffeemaschine ließ sich auch heißes Wasser erzeugen, und so jonglierte ich schon nach kurzer Zeit meinen zweiten Espresso und seinen Fenchel-Anis-Kümmel-Tee ins Wohnzimmer, wo Sawitzki vor dem Regal stand und die Buchrücken inspizierte.

»Hitler interessiert Sie sehr?«, fragte er mit leicht mokantem Unterton. Sein Blick war auf eine Regalreihe gefallen, in der tatsächlich »Der SS-Staat« von Eugen Kogon, die Hitler-Biographie von Joachim Fest und das zweibändige Hitler-Werk von Ian Kershaw nebeneinander standen. »Ja, natürlich«, antwortete ich, »aber das hat mit Sympathie nichts zu tun. Da stehen auch Biographien von Stalin und Mao.« – »Und viel von Willy Brandt. Mehr als von Strauß, Kohl oder Genscher.« Er musste sich innerhalb ganz kurzer Zeit einen guten Überblick verschafft haben – offenbar durfte ich Sawitzki nicht unterschätzen.

»Aber kommen wir zu Ihnen und Hans-Heinrich Lauberger. Sie haben mir vorhin am Telefon ja schon gesagt, wie der Abend zu Ende gegangen ist und wie Sie sich von Lauberger getrennt haben. Wollen Sie das noch irgendwie ergänzen?« Und weil ich nicht sofort antwortete, fügte er noch hinzu: »Oder etwas daran korrigieren?« Obwohl ich ein reines Gewissen hatte, kam mir dieser Zusatz bedrohlich vor. Daher zögerte ich wieder ein wenig, und erneut wartete Sawitzki meine Antwort nicht ab. »Vorab noch Folgendes: Dies ist kein Verhör, sondern eine Befragung. Ich weise Sie trotzdem darauf hin, dass Sie natürlich jederzeit rechtliche Hilfe in Anspruch nehmen können. Wegen der besonderen Umstände kommen wir nicht zu zweit. Ich bin aber bereit, diese Befragung sofort abzubrechen, wenn Sie Wert darauf legen, dass wie üblich ein zweiter Beamter der Befragung beiwohnt.«

Es war mir klar, dass er sich mit diesen Bemerkungen gegen spätere Einsprüche und Anfechtungen absichern wollte, dennoch erschreckten mich der Ton und die Förmlichkeit seiner Worte. »Glauben Sie denn allen Ernstes, dass ich mit dem Tod von Lauberger etwas zu tun habe? Dass ich davon überhaupt irgendetwas gewusst habe, bevor Sie mir am Telefon davon erzählt haben?«

Ich war darauf gefasst, dass er mir jetzt die aus Fernsehkrimis bestens bekannte Replik »Hier bin ich es, der die Fragen stellt!« an den Kopf werfen würde, aber er ging subtiler vor. »Beantworten Sie zunächst einmal meine Frage von vorhin: Wollen Sie Ihren kurzen Ausführungen am Telefon noch etwas hinzufügen oder etwas daran abändern?«

»Nein!«, antwortet ich nun rasch und apodiktisch. »Und sind Sie nun bereit, mir einige Erläuterungen zu geben?« – »Fragen Sie!«, antwortete er kurz. Ich wollte die zunehmend frostig gewordene Stimmung zwischen uns nicht weiter abkühlen lassen. »Dann sagen Sie mir doch bitte, wieso Lauberger so rasch aufgefunden werden konnte und vor allem, wie Sie so schnell herausgefunden haben, dass er kurz zuvor mit mir zusammen war. Und, sofern das schon bekannt ist, woran er überhaupt gestorben ist.«

Es kam die Antwort, die ich befürchtet hatte: »Das ist, Sie kennen diesen Ausdruck vermutlich, Täterwissen. Das werden wir frühestens in einer Vernehmung und dann vermutlich auch nur zum Teil offenbaren.« Das Wort »Täter« alarmierte mich erneut, und so fragte ich direkt: »Sie glauben doch wohl nicht allen Ernstes, dass ich Hans-Heinrich Lauberger umgebracht habe?«

Nun überlegte Sawitzki einen Moment, bevor er mir antwortete: »Es gibt ja viele rechtliche Tatbestände, die ursächlich für einen Todesfall sein können. Denken Sie nur an Mord, Totschlag, Körperverletzung mit Todesfolge, fahrlässige Tötung und so weiter.« Nun war ich nahe daran, meine Beherrschung zu verlieren: »Wenn Sie so etwas auch nur für möglich halten, unterstellen Sie mir ja ganz direkt, dass ich Sie bezüglich des Ablaufs am Sportfeld belogen habe. Diese Unterstellung weise ich in aller Form zurück!«

Im Unterschied zu mir blieb Sawitzki ganz ruhig. »Sie hören von uns. Bitte bleiben Sie für uns in den nächsten Tagen erreichbar. Und überlegen Sie gut, ob Sie nicht einen Anwalt hinzuziehen wollen. Gute Nacht!«

Meine Nacht wurde alles andere als gut. Es fiel mir schwer einzuschlafen. Und als ich schlief, quälten mich Albträume. Von einem wachte ich sehr früh am nächsten Morgen auf: Ich betrat das Gebäude meiner Fakultät auf dem Weg zu einer Vorlesung. Der Haupteingang zu Hörsaal 1 war versperrt. Dort standen mehrere große Leitern, und auf diesen waren Arbeiter damit beschäftigt, über der Tür einen Schriftzug anzubringen. »Kommen Sie runter und stellen Sie die Leiter weg!«, rief ich einem der Arbeiter zu. »Hier findet eine Vorlesung statt.« Der Mann drehte sich um, beugte sich ein Stück herunter und brachte damit die Leiter zum Kippen. Ich konnte mich gerade noch durch einen raschen Sprung zur Seite vor der umfallenden Leiter in Sicherheit bringen, geriet dabei aber ins Straucheln. Im Hinfallen konnte ich erkennen, was auf dem Schriftzug stand: »Helene-Emmelmann-Hörsaal«.

Obwohl mir noch ein wenig mehr Schlaf sicher gutgetan hätte, stieg ich aus dem Bett und ging gleich zum Computer, um auf den Internet-Seiten der Berliner Tageszeitungen und lokalen Radiosender nach Meldungen über den Vorfall in Dahlem zu suchen.

Es gab – wenn überhaupt – nur sehr kurze Hinweise auf einen tödlichen Zwischenfall in Dahlem, verbunden mit dem Hinweis, dass man weiter darüber berichten würde, sobald konkrete Informationen vorlägen. Nur eine Boulevardzeitung schoss wie üblich den Vogel ab, indem sie schon in der Überschrift stabreimte »Trainer-Tod bei Onkel Tom«. Der zugehörige Text verbarg sich aber hinter einer Bezahlschranke, und dafür wollte ich dieser Zeitung kein Geld geben – nicht aus Geiz, sondern aus Prinzip.

18.

Soweit ich es überblicken konnte, war mein Name in den Berichten über den Lauberger-Mord noch nicht genannt worden. Ich wollte aber nicht warten, bis irgendwo, und sei es auch nur als Vermutung oder Gerücht, der Name Rieger erschien, und beschloss, in die Offensive zu gehen. Da ich unmöglich mit allen, die ich informieren wollte, persönlich sprechen konnte und diese meine Nachricht auch zum selben Zeitpunkt erhalten sollten, damit möglichst über den berüchtigten »Flurfunk« keine Tuschelei entstand (»Weißt du schon …?«, »Hast du schon gehört …?«), entschied ich mich, eine E-Mail zu verschicken, auch wenn ich grundsätzlich einen »Schrotschuss« über dieses Medium für problematisch halte.

Als Verteiler wählte ich das Präsidium der Universität und die Mitglieder des Fachbereichsrats. Diesen schrieb ich: »Sehr geehrte Damen und Herren, liebe Kolleginnen und Kollegen, vermutlich haben Sie auch von dem mutmaßlichen Mord an einem Fußballtrainer des TuS Dahlem gehört. Ich bin in diesen Vorgang verwickelt, denn ich habe gestern Abend gemeinsam mit dem Opfer das Vereinsgelände verlassen. Wir haben uns kurz darauf getrennt, und wenig später muss er zu Tode gekommen sein. Davon habe ich aber erst durch einen Anruf der Polizei erfahren, die mich nun verständlicherweise in ihre Aufklärungsarbeit einbezieht. Da ich von der Tat nichts mitbekommen habe, kann ich allerdings weder den Beamten noch Ihnen dazu etwas »Sachdienliches« mitteilen. Ich hoffe, dass mein Name – und erst recht meine Universität bzw. Fakultät – nicht in die zu erwartende Berichterstattung einbezogen wird, wollte Sie aber auf alle Fälle vorab informieren. Mit kollegialen Grüßen, Jürgen Rieger.«

Als ich gerade auf die »Senden«-Taste gedrückt hatte, fiel mir ein, dass es wohl nicht besonders geschickt war, den Begriff Mord zu benutzen. Zum einen wusste ich ja noch gar nicht, ob es sich überhaupt um einen Mord handelte, und zum anderen gab ich der Sache damit eine unnötige Brisanz; zu spät!

Natürlich informierte ich auch meine Assistentin, die mich im Scherz fragte, ob sie denn die Polizisten abwimmeln oder durchstellen bzw. zu mir hineinlassen sollte, wenn diese anriefen oder vor der Tür standen.

Unweit unseres Instituts, an der Straße Unter den Eichen, gibt es eine Trattoria, die vor allem wegen ihrer Pizzen (»aus dem Steinofen«) und ihres schönen Außenbereichs unter hohen Bäumen einen guten Ruf genießt. Außerdem gibt es dort ein sehr preiswertes Mittagsmenü – bei spartanischen Hochschullehrern ein nicht zu unterschätzender Pull-Faktor. Dorthin ging ich, wenn meine Termine es zuließen, gelegentlich mittags zum Essen, manchmal allein, meistens aber mit Kollegen. Nachdem ich vormittags meine Mitteilung verschickt hatte, rechnete ich damit, dass ich mehrere Anfragen zu einem gemeinsamen Mittagessen erhalten würde, aber die sehr geehrten Damen und Herren waren zurückhaltender als erwartet. Nur Werner Pahlke, der eine Professur für – ausgerechnet! – Diskrete Mathematik hatte und mit dem ich mich duzte, fragte an. Wir wollten uns um 13 Uhr vor dem Eingang unseres Gebäudes treffen.

Er fiel gleich mit der Tür ins Haus, aber auf eine für ihn typische – eben diskrete – Weise: »Wir brauchen über diese Sache nicht zu reden, wenn dir nicht danach ist oder wenn du das lieber erstmal für dich behalten willst.« – »Kein Problem – vielleicht ist es sogar ganz gut, wenn ich den Ablauf noch mal in Worte fasse, möglicherweise fällt mir dabei etwas auf, woran ich bisher noch nicht gedacht habe, und es könnte ja auch eine ganz gute Übung für das nächste Gespräch mit Hauptkommissar Sawitzki sein.« – »Heißt der wirklich so? Da gab es doch mal einen Torwart …?«- »Ja, genau, daran hab ich auch gleich gedacht, als ich den Namen hörte: Günter Sawitzki vom VfB Stuttgart, der das Pech hatte, immer im Schatten seiner Konkurrenten zu stehen: Herkenrath, Tilkowski, Fahrian, … Hat es aber immerhin auf zehn Länderspiele gebracht.«

Dann erzählte ich ihm in groben Zügen die Ereignisse des

vergangenen Abends, unterbrochen nur durch die Bestellung – wir nahmen beide die Lasagne von der Tageskarte und wollten uns eine Flasche Mineralwasser teilen.

Nachdem wir uns mit dem San Pellegrino zugeprostet hatten, meinte Pahlke: »Schade, dass Sawitzki dir nichts über die Verletzungen oder die Todesursache gesagt hat. Mein Verdacht ist: Wildschweine!« – »Wie kommst du darauf?« – »In der Gegend – Onkel-Tom-Straße, Fischtalpark usw. – wimmelt es von Wildschweinen. Durch den Weg am Sportfeld ziehen nachts ganze Rotten.« – »Das stimmt. An den Wegrändern sieht man die Spuren von ihrer Wühlerei. Und der Platzwart hat strikte Vorgaben, dass und wann er die Tore schließen muss – sonst wären die Plätze wohl nach einer Nacht unbespielbar.« – »Siehst du? Und nachdem du dich von diesem Lauberger verabschiedet hattest, hatte der das Pech, einer solchen Rotte – oder auch nur einer Bache mit Frischlingen – zu begegnen, und aus war es.«

An eine solche Erklärung hatte ich nicht gedacht. Meinen Einwand, dass ich dann doch irgendetwas hätte bemerken, hören oder auch nur – im Wortsinne – riechen müssen, ließ er nicht gelten. Unsere Lasagne wurde gebracht, und ich begann zu essen.

Er aber hatte sogar noch eine zweite, eine ganz andere Lösung des Falls parat: »Weißt du, bei was es in einem Sportverein am meisten Ärger und Krach gibt?« Ich schüttelte den Kopf. »Bei den Vereinsgaststätten! Wenn die funktionieren, sind es wahre Goldgruben! Daher ist die Vergabe der Lizenz die zugleich schwierigste und wichtigste Aufgabe des Präsidiums. Da gibt es hinter und auch vor den Kulissen ein Hauen und Stechen. Mir hat mal jemand gesagt, so einen Job bekommt nur einer, der schon Vater und Mutter erschlagen hat. Und so einer erschlägt natürlich auch einen Lauberger.«

Bei dem Wort Goldgrube dachte ich an Reni, die vielen Rückstände ihrer Gäste und den Umstand, dass sie doch einen großen Teil ihrer Überschüsse an den Verein abführen musste, sagte aber erstmal nichts, damit Werner Pahlke sich in Ruhe seiner Lasagne widmen konnte, die schon kaltzuwerden drohte.

Dann, er hatte seine Portion in erstaunlicher Geschwindigkeit bewältigt, wandte ich ein: »Du, die Pächterin des Kiosk beim TuS Dahlem ist eine zwar resolute, aber nach meinem Eindruck recht anständige Frau, der ich keine krummen Touren zutraue. Und reich werden kann man nach meinem Eindruck mit so einem Laden auch nicht. Sie ist doch, soweit ich weiß, verpflichtet, einen großen Teil des Gewinns an den Verein weiterzuleiten.«

»Der liebe Gott erhalte dir deinen Kinderglauben! Um dir alle mir bekannten Möglichkeiten der Manipulation, der Umgehung, der Hinterziehung und der Bestechung aufzuzählen, bräuchte ich mindestens noch eine weitere Mittagspause oder wenigstens noch eine Flasche Mineralwasser.« Er unterbrach seine Aufzählung des moralischen und finanziellen Schreckens, um seine rhetorische Standardfrage zu stellen: »Wünschen der Herr noch ein koffeinhaltiges Heißgetränk?«, und rief dann einem gerade vorbeieilenden Kellner, ohne meine Antwort abzuwarten, zu: »Due cappuccini, per favore!« Der Mann war meines Wissens ein waschechter Biodeutscher.

Dann fuhr er fort: »Allein der Umstand, dass in einem solchen Kiosk normalerweise keinerlei Bons ausgestellt werden, ja, dass es nicht einmal so etwas wie eine Registrierkasse gibt, öffnet doch dem Missbrauch Tür und Tor! Oder hast Du jemals, nachdem du die Zeche für deinen Gourmet-Teller »Currywurst/Pommes frites« beglichen hast, einen ausgedruckten Bon bekommen? Hast du mal versucht, mit der Kredit-, EC- oder Debit-Karte zu zahlen?« – »Nee, über dem Tresen hängt ein Schild ›Keine Kartenzahlung‹.«

»Siehste!« Wir genossen noch den Cappuccino, leerten die Mineralwasserflasche bis auf den letzten Tropfen und zahlten beide in bar. Der abgrundtiefe Blick in das Finanzgebaren von Kioskbetreibern, den Werner Pahlke mir eröffnet hatte, stimmte mich sehr nachdenklich.

19.

Bei dem Wort »Krimi« dachte man in Deutschland in den sechziger Jahren sofort an Edgar Wallace, insbesondere, nachdem viele seiner Bücher auf zwar überwiegend lächerliche Weise, aber mit großem Erfolg verfilmt wurden. Dann erschienen in der Reihe rororo Thriller nach und nach anspruchsvolle Romane, zunächst überwiegend von ausländischen, schon bald aber auch von deutschen Autoren. Mich faszinierten besonders die spannenden Erzählungen der französischen Autoren Pierre Boileau und Thomas Narcejac und der Amerikanerin Patricia Highsmith. Hitchcocks Meisterwerk »Vertigo« basiert auf dem Roman »D'entre les morts« (»Aus dem Reich der Toten«) von Boileau-Narcejac, und mit seiner Verfilmung von »Strangers on a Train« (»Zwei Fremde im Zug«) verhalf Hitchcock Patricia Highsmith zu ihrem frühen literarischen Durchbruch.

In dieser Reihe erschienen auch die Romane von Maj Sjöval und Per Wahlöö, die den Erfolg des sozialkritischen skandinavischen Kriminalromans in Deutschland begründeten. Ihre Nachfolge traten u. a. Henning Mankell (»Kommissar Wallander«) und Stieg Larsson (»Millennium Trilogie«) an. Penibel und pedantisch wie ich nun mal bin, störe ich mich immer wieder daran, dass in Deutschland nicht einmal die Buchhändler den Namen »Larsson« korrekt aussprechen (die Sportreporter, die den Namen oft im Munde führen müssen, erst recht nicht). Es kommt doch auch niemand auf die Idee, Mrs. Highsmith als »Hicksmitt« anzusprechen.

Ich wollte mich gründlich und systematisch auf das drohende nächste Gespräch mit Hauptkommissar Sawitzki vorbereiten und hoffte, dass das jahrelange Studium niveauvoller Kriminalliteratur mir dabei nützlich sein könnte. Sicherheitshalber wollte ich die wesentlichen Aspekte schriftlich festhalten. Mir war bewusst, dass meine Erkenntnisse äußerst lückenhaft sein würden, denn der Tote war mir ja nur sehr oberflächlich bekannt. Sein privates Umfeld kannte ich so gut wie gar nicht.

Das größte Handicap meiner Überlegungen war aber, dass ich nicht einmal genau wusste, wie Lauberger zu Tode gekommen war. Von einem Mord bis zu der von meinem Kollegen Pahlke favorisierten Kollision mit einem Wildschwein war alles denkbar.

Die Unkenntnis der Todesursache machte auch meine Suche nach einem möglichen Motiv beinahe aussichtslos; ärgerlicherweise konnte ich wiederum nur einer Wildschweinattacke ein klares Motiv zuordnen. Welche menschlichen Lebewesen aber konnten einen Grund haben, Henry Lauberger zu töten?

Ich verlegte mich aufs Spekulieren. Hing sein Tod mit den Gerüchten um einen angeblichen Sex-Skandal beim TuS Dahlem zusammen? War etwas dran an den Mutmaßungen über gewisse »Privilegien«, die Lauberger angeblich genoss? Oder spielte seine Beziehung zur Kioskpächterin Reni eine Rolle?

Die Frage nach dem »Wer?« durfte ich sicherlich nicht auf das Motto »Cherchez la femme!« reduzieren, im Gegenteil: Ich war mir ziemlich sicher, dass eine mögliche Gewalttat von einem Mann ausgeübt worden war. Und wer kam dafür in Frage? Wer hatte einen Grund, wer hatte die dazu erforderliche Skrupellosigkeit (oder auch Verzweiflung), wer hatte einen denkbaren Überfall an diesem Ort und zu dieser Stunde planen können? War es jemand, der – von was auch immer – direkt betroffen war, oder war es ein gedungener Täter?

Gedungener Täter – dabei fiel mir sofort Nortmann ein. Hatte er nicht im Zeitungsinterview davon gesprochen, dass er »mit eisernem Besen kehren« wolle, hatte er mir nicht bei unserer Begegnung am Stand seines LIONS-Clubs zugeraunt, welche Missstände er im Verein identifiziert hatte? Wenn nun seiner Meinung nach Lauberger ein Verursacher derartiger Missstände war – sollte ihm da vielleicht jemand in Nortmanns Auftrag einen Denkzettel verpassen und war dabei möglicherweise zu weit gegangen?

Ich dachte auch an den Vater, der sich schon mehrfach mit Lauberger heftig gestritten hatte – wollte sich dieser oder ein anderer, den der Trainer ähnlich brüskiert hatte, vielleicht rächen? Gab es Neider, die sich an Laubergers Einfluss auf die Sponsoren und Ausrüster störten?

Oder gab es vielleicht gar kein Verbrechen? War der angetrunkene Lauberger ganz einfach mit seinem Fahrrad gestürzt, hatte sich den Hals gebrochen oder war mit dem Kopf auf etwas Hartes geknallt? Ich hielt das nicht für wahrscheinlich, denn Henry war ja bis zu unserer Verabschiedung überraschend sicher gefahren, aber vielleicht hatte er sich auch nur, solange ich bei ihm war, besonders zusammengerissen? Es klopfte. Meine Assistentin wollte wissen, ob ich denn gar nicht zum Essen gehen wollte, und ich antwortete: »Nein, heute nicht. Hat sich denn die Polizei immer noch nicht gemeldet?« Sie verneinte. »Wollen Sie denn nicht wenigstens etwas von meinem Salat abhaben? Ich hab genug für zwei.«

So saßen wir bei einer gesunden Mahlzeit aus knackigem Bio-Salat an meinem Besprechungstisch, und sie erzählte mir von einer total missglückten Aufführung in der Volksbühne, die sie am Vorabend besucht hatte (»Nur Wuttke war gut, wie immer! Und die Angerer hat wieder so fürchterlich genuschelt.«) . Das Telefon klingelte. Da sie es nicht umgestellt hatte, musste sie an ihren Schreibtisch eilen. Ich konnte nicht umhin, wieder einmal zu bemerken, dass sie sehr schöne Beine hatte.

Sie sprach einige Worte, dann kam sie zur Tür zurück. »Morgen acht Uhr Keithstraße, passt das?« Ich wusste, dass in der Keithstraße das Landeskriminalamt war. Nun musste ich zu meinem Schreibtisch eilen, um auf den Kalender zu schauen: kein Termin bis zu meiner Vorlesung um elf Uhr. »Ja, passt!«

Als sie zurückkam, brachte sie ihr Notebook mit. »Haus Nummer 30«, sagte sie. Dann hatte sie auch die Website aufgeschlagen. »LKA 1«, las sie vor. Und »Delikte am Menschen«.

Ich hatte keinen Appetit mehr auf den Salat.

20.

Am nächsten Morgen regnete es in Strömen. Ich beschloss trotzdem, mit dem Fahrrad zum LKA in die Keithstraße zu fahren, denn auch bei Benutzung öffentlicher Verkehrsmittel hätte ich mehrere Strecken zu Fuß gehen müssen, und die Fahrt mit dem Auto verbot sich, weil es in dieser Gegend so gut wie unmöglich war, einen freien Parkplatz zu finden.

Ich betrat also wie der sprichwörtliche begossene Pudel das Gebäude, das von außen einen unfreundlichen und abweisenden Eindruck machte und dessen tristes Grau durch die dunklen Regenwolken eher noch finsterer erschien, und musste mich mit diesem Handicap durch diverse Schranken und Schleusen kämpfen. Beinahe wäre ich sogar gänzlich gescheitert, denn ein Beamter, bei dem ich mich ausweisen musste, verlangte zunächst eine schriftliche Vorladung, die ich ja gar nicht erhalten hatte.

Als ich ihm sagte, dass ich einen telefonisch vereinbarten Termin bei Herrn Hauptkommissar Sawitzki hätte, fragte er zunächst zurück »Zu wem wollnse?«, und ich fürchtete schon, er würde als nächstes behaupten »Den jibts hier nich!«, aber ein hinter ihm sitzender Kollege rief ihm zu »Sawitzki! Zwoter Stock! 2709, glob ich.« Der Wachhabende traute dieser Auskunft nicht und blätterte zunächst in einem Verzeichnis. Schließlich fand er wohl den Namen Sawitzki, drehte sich aber zunächst zu seinem Hintermann um. »Hier steht aber 238!« Der Kollege lachte. »Junge, das ist die Zimmernummer! Durchwahl steht in der nächsten Spalte!«

Mit erkennbarem Widerwillen wählte mein Freund nun die angegebene Nummer. Es meldete sich offenbar eine weibliche Person, der er ausrichtete: »Hier steht ein gewisser Rieger. Hat angeblich jetzt einen Termin bei Micky. Kann aber keine Ladung vorweisen.« Ich konnte nicht verstehen, was die Person am anderen Ende der

Leitung ihm antwortete, aber er sagte »Okay. Richt ich aus.« Er legte auf und wandte sich wieder mir zu: »Sie werden abgeholt.«

Einige Minuten später erschien eine Beamtin, die mich im Unterschied zu ihrem männlichen Kollegen freundlich begrüßte. Mir kam der Gedanke, dass es doch recht lustig wäre, wenn sie sich nun auch mit dem Namen einer Torhüterin vorstellen würde, vielleicht als Nadine Angerer, wie die bekannteste deutsche Torhüterin heißt, oder als Merle Frohms, die aktuelle Torhüterin der deutschen Nationalmannschaft. Aber sie stellte sich als Kommissarin Krause vor, was mir fast genauso berlinerisch vorkam wie Milchmann Bolle oder Krumme Lanke.

Mit einem Paternoster fuhren wir in den zweiten Stock, und Frau Krause zeigte auf eine offenstehende Tür. Die trug die Nummer 200 und war offenbar das Besprechungs- oder Verhörzimmer der Abteilung. Der Raum war äußerst spartanisch eingerichtet – ein viereckiger Tisch mit vier Stühlen, ein Gerät, das offenbar zum Aufzeichnen oder Abspielen von Gesprächen diente und ein Sideboard, auf dem eine kleine Kaffeemaschine von anno dazumal – heute heißt es wohl großspurig »Retro« oder »Vintage« – stand. Auf dem Tisch befanden sich zwei Papierstöße, mehrere Stifte und zwei Trinkbecher, und an der Wand neben der Tür hing ein Porträt des Bundespräsidenten. Die Gegenstände auf dem Tisch machten den Eindruck, als wenn hier bereits eine Vorbesprechung stattgefunden hätte.

»Hauptkommissar Sawitzki kommt gleich«, sagte sie und fuhr fort: »Sie sind ja furchtbar nass! Möchten Sie einen Kaffee?« Von meinem gelegentlichen »Tatort«-Konsum wusste ich, dass in Kriminalkommissariaten der Kaffeegenuss eine gewaltige Rolle spielt: Entweder brutzelt im Hintergrund ununterbrochen eine Kaffeemaschine, und die Protagonisten sind mit Lippen, Zungen, Gaumen und Speiseröhren aus Asbest ausgestattet, denn sie führen den Becher – fast nie eine Tasse! – mit dem kochendheißen Gebräu immer sofort zum Mund. Oder auf dem Flur steht als »running gag« ein Kaffeeautomat, der nie funktioniert. Das Drehbuch gibt damit subtile Hinweise auf die Charaktere der Ermittler – der Choleriker tritt fluchend mit dem Fuß gegen das Gerät, der Melancholiker schüttelt resigniert den Kopf.

Ich wusste auch, dass reale Kripo-Leute sich sehr darüber ärgern, dass Kriminalfilme den Anspruch erheben, ihre Arbeit realistisch darzustellen. Ich verkniff mir daher die Antwort »Das ist hier ja wie im Fernsehen!«, verzichtete aber auch auf den Kaffee. Ein Blick auf die kleine Kaffeemaschine zeigte, dass sich in der Kanne auf der Warmhalteplatte nur noch eine kleine Menge Kaffee befand. Die war sicherlich schon »verbrannt« und würde dementsprechend bitter schmecken.

Sie wies mir einen Platz an und setzte sich selber auf einen Stuhl, vor dem sich auf dem Tisch ein blauer Pultordner, ein ebenfalls blauer Kugelschreiber und ein Becher mit der Aufschrift »Hertha BSC« befanden. Sie sah meinen Blick, wollte wohl gerade etwas sagen, aber da wurde die Tür aufgerissen und Sawitzki stürmte in den Raum. Er schaute kurz zu mir hin, nickte mit dem Kopf und sagte: »Wir kennen uns ja schon. Kommissarin Krause hat sich sicher schon vorgestellt, also können wir gleich anfangen.«

Er spulte nun in atemberaubender Geschwindigkeit diverse Formalitäten ab – ob ich weiterhin keinen Rechtsbeistand wolle, ob ich damit einverstanden sei, dass das Gespräch aufgezeichnet wurde, dass es sich vorerst um eine Befragung oder Anhörung handele und dass er mich darauf hinweisen werde, wenn ich auf Grund meiner Aussagen oder seiner Erkenntnisse vom Status des Zeugen in den eines Beschuldigten übergehen würde. Er wies mich auch noch darauf hin, dass intensive Untersuchungen zu dem Fall liefen, er aber zu laufenden Ermittlungen keine Angaben machen würde, es sei denn, es träten gravierende Widersprüche zwischen meinen Aussagen und den bereits erhobenen Fakten auf und es erscheine ihm angebracht, mich darauf hinzuweisen.

Tapfer antwortete ich: »Ich habe das allergrößte Interesse daran, daß der Tod von Hans-Heinrich Lauberger aufgeklärt wird, ich habe ein reines Gewissen und werde die volle und vollständige Wahrheit sagen.« Frau Krause drückte auf einen Knopf des

Aufzeichnungsgerätes und sprach ein paar Sätze zu den Umständen dieses Gesprächs ins Mikrophon.

Ich hatte mir vorgenommen, alles, was nach meiner Kenntnis mit dem Tod von Henry zusammenhängen konnte, ausführlich darzustellen. Ich erzählte zunächst, wie ich überhaupt zum TuS Dahlem gekommen war, dass mein Verhältnis zu Henry, dem Trainer von Lukas, zunächst nicht gerade herzlich war, dass Väter anderer Spieler sich sogar mehrfach mit ihm angelegt hatten, so dass ich in der Wahrnehmung von Henry wohl eher in die Kategorie »pflegeleicht« aufgestiegen war. Ich erzählte von den Gerüchten über finanzielle Unregelmäßigkeiten und Henrys angeblich problematische Beziehung zu den Ausrüstern. Sawitzky und Krause hörten mir vorerst geduldig zu.

Dann sprach ich über die Wahl von Diethard Nortmann zum Präsidenten, erwähnte, dass ich ihn persönlich kannte und dass er mit dem Wahlversprechen, »mit eisernem Besen zu kehren«, angetreten sei. Sawitzki schien in diesem Punkt bestens informiert zu sein, ließ sich sogar zu der Bemerkung »Wohl ein kleiner Diktator« hinreißen und fügte, an Kommissarin Krause gewandt, ganz schnell hinzu: »Das löschen wir nachher!« Ich konnte nicht ausmachen, ob er das ernst gemeint hatte.

Schließlich berichtete ich in aller Ausführlichkeit über den Verlauf des Abends mit der TV-Übertragung der Champions League in der Vereinsgaststätte. Obwohl ich ihm vieles davon ja schon einmal erzählt hatte, hörte Sawitzki weiterhin geduldig zu – vielleicht spekulierte er auf Widersprüche in meinen Aussagen. Ganz am Ende kam dann die Abfahrt vom Vereinsgelände und die Verabschiedung kurz danach.

»Und Sie haben wirklich niemanden bemerkt, auf den Lauberger getroffen sein könnte?« – »Nein.« – »Und Sie dachten nicht daran, dass Lauberger fahruntüchtig war und Sie ihm hätten behilflich sein müssen?« – »Ich habe ihn, als wir zu den Fahrrädern kamen, genau beobachtet. Und er ist sogar auf den holprigen, mit Wasserpfützen übersäten Wegen erstaunlich sicher gefahren. Die beiden vom Kiosk kennen ihn ja schon länger. Wenn die irgendwelche Bedenken gehabt hätten, hätten sie doch Henry von seiner Fahrt abgehalten oder mich aufgefordert, ihn zu begleiten. Es sei denn …« – »Ja?« Nun begab ich mich auf das Feld der Spekulation: »Es sei denn, ein Unfall von Henry, vielleicht sogar mit tödlichem Ausgang, wäre ihnen zupass gekommen.« Er hakte ganz rasch nach: »Gibt es dafür Gründe?« – Ich schüttelte den Kopf. »Kleinigkeiten, die aber nach meiner Einschätzung keine Mordmotive sind. Henry hat wohl beim Kiosk sehr oft anschreiben lassen, und man hörte auch, dass er mal mit der Wirtin Reni eine Beziehung hatte – vielleicht immer noch hat. Das könnte ihrem jetzigen Partner missfallen haben. Aber, wie gesagt, kein Motiv für einen Mord.«

»Spekulieren Sie doch ruhig mal ein bisschen weiter!«, forderte er mich auf. Ich überlegte. »Mir ist nichts bekannt, was auf eine Gewalttat hindeutet. Ich kann mir auch nicht vorstellen, dass der Vater eines Spielers so weit geht. Neider gibt es überall, und vermutlich haben manche Leute im Verein einen Grund gehabt, sich über seine Privilegien und seine herausgehobene Position zu ärgern. Aber ihn umbringen? Oder …« – Ich zögerte einen Moment. »Oder ihn umbringen lassen …?« Als hätte er nur auf dieses Stichwort gewartet, fiel mir Sawitzki ins Wort: »Interessant, dass Sie darauf kommen! Wer im Verein oder in dessen Umfeld hätte denn die Mittel, die Skrupellosigkeit und ein Motiv, um einen Killer auf Lauberger anzusetzen?«

Ich hatte das Gefühl, dass Sawitzki mich ganz bewusst in diese argumentative Ecke treiben wollte und das mit dem saloppen Wort »Killer« noch beförderte. Wusste er mehr, als er mir gegenüber zu erkennen gab? Sicher war das so. Ich hatte große Skrupel, aber ich beugte mich seinem Druck. Mir fielen die Worte vom »Sumpf« und von der »Schwulenkombo« ein. »Ich habe keinerlei belastbare Fakten«, begann ich zögernd. »Der einzige im Verein, dem ich eine solche Tat zutrauen würde, ist der Präsident Nortmann.« Und schob schnell noch hinterher: »Vielleicht war es gar nicht beabsichtigt, Henry Lauberger zu töten … Aber, wenn Sie gestatten, wir haben überhaupt noch nicht darüber gesprochen, wie Lauberger zu Tode gekommen ist! Mit dieser Kenntnis würde ich doch viel gezielter auf Ihre Fragen antworten können.«

»Pressekonferenz übermorgen um zehn Uhr im Großen Saal der Senatsverwaltung für Justiz. Sie wissen, wo das ist?« – »Klar, ich wohne ja um die Ecke.« Ich wollte wenigstens noch von ihm wissen, ob ich bei dieser Veranstaltung zugelassen, erwünscht oder unerwünscht sei, aber da hatte Sawitzki schon den Raum verlassen. »So ist er manchmal«, sagte Frau Krause, »das dürfen Sie nicht persönlich nehmen.« Und dann sammelte sie ihre Unterlagen und die von Sawitzki zusammen und schaltete die Kaffeemaschine aus, in deren Kanne sich nun nur noch ein scharzer Bodensatz befand.

»Ich finde schon hinaus«, sagte ich, »das Gepolter und Gequietsche des Paternosters ist ja nicht zu überhören.« Der Regen war noch stärker geworden. Ich fuhr mit dem Fahrrad nach Hause, zog mir trockene Sachen an und fuhr ausnahmsweise mit dem Auto zu meinem Arbeitsplatz in Dahlem.

21.

Nach der Befragung durch Herrn Sawitzki und Frau Krause fiel es mir sehr schwer, mich auf die Vorlesung zu konzentrieren. Zum Glück handelte es sich um einen Stoff, den ich sozusagen »im Schlaf« kannte, und ich war einigermaßen optimistisch, dass man mir meine mentale Belastung nicht zu sehr anmerkte.

Als ich das Vorzimmer betrat, empfing mich meine Assistentin mit einem mir vertrauten Blick, in dem sich Belustigung und Ernsthaftigkeit auf eigenartige Weise mischten. Eine Sekretärin von der Zeitung, die sich prahlerisch »Berliner Sprachrohr« nennt, hatte angerufen und um ein Telefonat mit ihrem Chef gebeten. Ich überlegte kurz – sollte ich mich von dieser Zeitung, die ich normalerweise »nicht einmal mit der Kneifzange« anfassen würde, unter Druck setzen lassen? Sollte ich riskieren, dass aus dem Telefonat ein Artikel entstehen würde, dessen Inhalt – oder auch nur dessen Schlagzeile – mir schadete?

Ich entschied mich für die Offensive und bat meine Assistentin, sogleich den Rückruf zu starten. Als sie dann die Leitung zu mir durchstellte, sagte sie warnend: »Das ist dieser berüchtigte Klatschreporter Guido Murmann, nehmen Sie sich bloß in Acht!« Der Name war auch mir bekannt – Murmann war eine Art schillernde Eminenz unter den Berliner Lokalreportern. Man munkelte, dass er beste Verbindungen zum Polizeiapparat hatte und auch über Informanten im Bereich der Bandenkriminalität verfügte. So manche politische oder künstlerische Karriere sollte durch ihn befördert oder zerstört worden sein.

»Rieger hier.« – »Guido Murmann. Schön, dass Sie sich melden! Ich fall gleich mal mit der Tür ins Haus – ich bin an der Lauberger-Geschichte dran und weiß natürlich, dass Sie heute bei Sawitzki in der Keithstraße waren. Und ich habe mir gedacht, dass es uns beiden nützen könnte, wenn wir uns ein wenig über den Stand der Dinge austauschen. Einverstanden?«

Ich war verblüfft, mit welchem Tempo und welcher Offenheit dieser rasende Reporter zur Sache kam. »Und, abgesehen von den Informationen, die wir möglicherweise gleich austauschen – was machen Sie aus diesem Gespräch? Werden Sie das als Interview in Ihrer Zeitung abdrucken? Daran habe ich nämlich kein Interesse.« – »Okay. Wenn das so ist, dann sage ich Ihnen hiermit zu, dass ich in meinen Artikeln mit keinem Wort auf dieses Telefonat Bezug nehmen werde.«

Konnte ich ihm vertrauen? »Sie sind doch immer bestens informiert. Was kann ich Ihnen denn überhaupt bieten?« – »Ich bin im Wesentlichen nur an einer Sache interessiert – Ihr heutiges Gespräch mit Sawitzki.«

Ja, das leuchtete mir ein! Bei diesem Gespräch war ja vermutlich keiner seiner Informanten anwesend – Sawitzki und Frau Krause schloss ich aus –, und daher war ich der einzige, der ihm dazu etwas sagen konnte. »Und was haben Sie mir zu bieten?« – »Halten Sie sich fest – nicht weniger als die Auflösung dieses Falls! Deal?«

Ich war weiterhin misstrauisch, beschloss aber, mich auf diesen »Deal« einzulassen. »Was wollen Sie wissen?« – »Das, was Sie Sawitzki erzählt haben, die Fragen, die Sawitzki gestellt hat, und die Informationen, die er Ihnen gegeben hat.« – »Die beiden letzten Punkte können wir schon mal abhaken. Er hat kaum Fragen gestellt und mit dem Hinweis auf laufende Ermittlungen auch kaum etwas von sich aus erzählt.«

Dann schilderte ich ihm detailliert den Verlauf des fraglichen Abends bis zu der Verabschiedung von Henry. Murmann stellte einige Fragen und sagte dann unvermittelt: »Ich bin auch an Nortmann dran. Was wissen Sie über seine Tätigkeit beim TuS Dahlem?« Ich erwähnte, dass mir Nortmann von der Uni her recht gut bekannt war und dass ich mitbekommen hatte, dass er den Verein gründlich »auf Vordermann bringen« wolle. Er ging nicht weiter darauf ein, und ich konnte nicht erkennen, ob sich seine Frage auf den aktuellen Fall bezog oder ob er vielleicht eine andere Story über Nortmann im Hinterkopf hatte.

Und dann lieferte er seinen Teil des Deals, und der war für mich wirklich spektakulär: »Ich sag Ihnen jetzt mal, was die Kripo auf der Pressekonferenz übermorgen verkünden wird: Lauberger ist nicht an den Folgen einer Gewalttat gestorben. Der besoffene Kerl ist auf dem holprigen Weg ohne Einwirkung Dritter vom Fahrrad gestürzt und auf die Schnauze, nein, mit dem Hinterkopf auf einen Markierungsstein am Wegrand geknallt. Schädelbruch, Gehirnblutung, sofortiger Exitus! Es gibt keinerlei Spuren oder Anhaltspunkte, die auf Fremdverschulden hinweisen. Die Akte Lauberger wird geschlossen.«

Konnte ich das glauben? Ich wollte eine Erleichterung spüren, aber die trat vorerst nicht ein.

Allerdings – in dem Puzzle »Todesfall Hans-Heinrich Lauberger« fehlte doch noch ein kleines, aber wichtiges Teil.

22.

Abends rief mich Inge an. Sie hatte eine belegte Stimme, wirkte ein wenig fahrig und wollte sich zunächst für alles Mögliche entschuldigen – dass sie sich so lange nicht gemeldet hatte, dass sie sich weder nach meinem Befinden nach der Trennung von Katja noch nach dem Fortgang »dieser Geschichte« erkundigt und dass sie mir eine wichtige Information bisher vorenthalten hatte.

Ich versuchte, sie zu beruhigen und sagte ihr, dass ich in den letzten Tagen ja sowieso sehr schwer zu erreichen gewesen wäre. Und nun würde ich gern erfahren, welche wichtige Information sie für mich hatte.

»Ich erzähle es dir am besten von Anfang an. Ich war vorgestern Abend, als du mit Lukas beim Training warst, bei einer Geburtstagsfeier, von der ich erst nach Mitternacht nach Hause gekommen bin. Es hat ja in Strömen geregnet, also musste ich mich erst einmal abtrocknen und trockenes Zeug anziehen. Dabei bemerkte ich, dass Thomas nicht zu Hause war. Ich schaute auf mein Smartphone, das ich während der Feier die ganze Zeit ausgestellt hatte. Keine Nachricht von Thomas, aber eine SMS von einer mir unbekannten Nummer mit der Botschaft ›Bin bei Kevin. Machen Mathe und gucken Fußball. Übernachte hier. Smiley‹.

Es stellte sich später heraus, dass Lukas auf dem Rückweg seinen Klassenkameraden Kevin getroffen hatte, der in Lankwitz wohnt. Dort wollten sie sich das Champions League Spiel anschauen und, na ja, ein wenig für die Mathearbeit üben. Da Lukas sein Smartphone zu Hause gelassen hatte, benutzte er den Apparat von Kevin.

Thomas war abends zu Hause. Er wusste natürlich, dass ich bei der Feier war und dass es spät werden konnte. Was er nicht verstand und was ihn beunruhigte war, dass Lukas nicht nach Hause kam. Du kennst Thomas. Er kann Fußball nicht ausstehen, und er hasst Homosexuelle. Nach all den Gerüchten um den TuS Dahlem herum verfiel er auf die fixe Idee, dass Lukas in irgendeine Sauerei verstrickt sein könnte. Seine Versuche, Lukas telefonisch zu erreichen, schlugen fehl – kein Wunder, denn dessen Smartphone lag ausgeschaltet in einer Schublade im Jungszimmer.

Seine Wut muss von Stunde zu Stunde größer geworden sein – schließlich entschloss er sich, zum Vereinsgelände zu fahren. Wegen des Regens nahm er sein Auto, und weil er sich nicht auskannte, parkte er nicht bei den Fußballfeldern, sondern bei der Sporthalle. Von dort ging er zu dem Weg, der zwischen dem Sportfeld und der Onkel-Tom-Straße verläuft. Er musste sehr aufpassen, um wenigstens die tiefsten Pfützen zu vermeiden. Dann hörte er ein Geräusch – ein unbeleuchtetes Fahrrad kam auf ihn zu. Er wollte zur Seite springen, aber da war der Radfahrer schon gestürzt und mit dem Kopf auf einen Stein geschlagen.

Der Aufprall muss so heftig gewesen sein, dass der Radfahrer nach kurzer Zeit verstorben ist. Thomas kennt sich aus, er muss für seine Firma regelmäßig an Kursen im Medizin- und Sanitätswesen teilnehmen. Ihn packte die Panik, er rannte zum Parkplatz und fuhr nach Hause zurück. Dort war ich inzwischen eingetroffen und erfuhr die ganze Geschichte.«

Ich musste »die ganze Geschichte« erst einmal einen Moment auf mich einwirken lassen. Ich wunderte mich darüber, dass das Fahrrad von Henry nach der Schilderung von Thomas unbeleuchtet gewesen war. Aber dann fiel mir ein, dass sein Drahtesel ja einen altmodischen Dynamo hatte, und der war sicherlich, nachdem Henry mehrere Pfützen durchfahren hatte, einfach ausgefallen, weil er an dem nassen Reifen abglitt.

»Und nun?«, fragte ich. »Tja, das liegt ganz an dir. Wir haben nach langem Hin- und Hergerede beschlossen, nichts zu sagen. Aber wenn du …?«

Ich überlegte kurz. »Henry ist tot. Die Polizei geht davon aus, dass keine Gewaltanwendung durch Dritte stattgefunden hat. Wir können hoffen, dass die Personen, die Henry aufgefunden haben – vielleicht waren es Reni und Kalle vom Kiosk, vielleicht war es der Platzwart, der noch eine Runde gedreht hat, um sich zu vergewissern, dass die Tore geschlossen waren und keine Wildschweine auf den Platz gelangen konnten, vielleicht war es ein später Jogger –, Thomas nicht erkannt und auch sein Auto und dessen Kennzeichen nicht gesehen haben. Da bin ich ziemlich optimistisch. Also decken wir den Mantel des Schweigens ...« Inge schluckte. »Danke! Du musst bald mal zu uns kommen, damit wir nicht nur reden, sondern uns auch in die Augen sehen können. Thomas und ich haben Lukas bisher nichts erzählt. Von uns weiß er nur, dass Henry tödlich verunglückt ist.«

Mit der Beantwortung der Frage, welche Rolle Reni und Kalle gespielt hatten – ob sie als Erste am Unfallort eingetroffen waren, oder ob sie sich zu der Zeit noch im Kiosk aufgehalten hatten –, konnte ich mich noch gedulden. Aber nur sie konnten die Polizei auf mich aufmerksam gemacht haben, und die hatte mich dann erstaunlich rasch aufgespürt.

SCHLUSS

Henry Lauberger wurde auf dem Alten St. Matthäus-Kirchhof in Schöneberg bestattet. Auf diesem historischen Friedhof befinden sich zahlreiche Ehrengräber, z. B. das der Brüder Grimm, des Komponisten Max Bruch (den ich ganz besonders schätze), des Arztes Rudolf Virchow und der Frauenrechtlerinnen Minna Cauer und Hedwig Dohm. Auch der Schriftsteller Rolf Hochhuth und der Boxer Graciano Rocchigiani sind hier begraben. Ein weiteres Ehrengrab hat der Musiker Rio Reiser, und mit ihm haben viele Berliner aus der homosexuellen Community hier eine letzte Ruhestätte gefunden.

Lauberger schien nur wenige Angehörige zu haben. Bei der Trauerfeier trat nur ein Cousin aus München in Erscheinung. Diethard Nortmann war nicht erschienen, und ich konnte auch kein anderes mir bekanntes Gesicht aus der Vereinsführung unter den etwa zwanzig Trauergästen entdecken.

Bereits beim Betreten des Friedhofes und beim Gang zur Friedhofskapelle war mir allerdings das Faktotum Charly aufgefallen. Ich sah ihn zum ersten Mal »vollständig« bekleidet in einem etwas zu kleinen dunklen Anzug. Er zog hastig an einer Zigarette, und als ich an ihm vorbei zur Treppe ging, sah ich, dass es nicht die erste war.

Ich weiß nicht, wer die Musik für diese Feier ausgesucht hatte, ob der Cousin, die Bestatter, oder ob Henry selbst etwas dazu verfügt hatte. Es wurde u. a., wie bei vielen Trauerfeiern, die Air aus der Suite Nr. 3 in D-Dur von Johann Sebastian Bach gespielt und auch ein Lied von Frank Sinatra – aber nicht »My Way«, was sich offenbar insbesondere bei vielen älteren Herren als Abschiedslied großer Beliebtheit erfreut. Bei Henry war es stattdessen »It Was A Very Good Year«.

Als die letzte Strophe erklang,

»But now the days are short, I'm in the autumn of my years
And now I think of my life as vintage wine
From fine old kegs
From the brim to the dregs
It poured sweet and clear
It was a very good year«,

liefen mir die Tränen über die Wangen. Lukas, der zum ersten Mal an einer Trauerfeier teilnahm, sah mich erstaunt an.

Und Henry hatte sogar noch eine weitere Überraschung parat. Als ich einige Wochen nach der Bestattung zum ersten Mal wieder an sein Grab trat, war der schlichte schwarze Grabstein bereits errichtet. Er trug die Aufschrift »Hans-Heinrich ›Henry‹ Lauberger«, darunter Geburts- und Todesjahr und in der dritten Zeile einen Spruch, der von dem früheren Frankfurter Trainer Dragoslav »Stepi« Stepanović stammt: »Lebbe geht weider.«